AF459213

PIERRE SALES

AS LES MASQUES

DÉPÔT LÉGAL
Seine

ARD
ÈRES
URS
PARIS

10 centimes le fascicule illustré.

PIERRE SALES

Bas les Masques!

AVENTURES PARISIENNES

PARIS
FAYARD Frères, Éditeurs
78, boulevard Saint-Michel, 78

ŒUVRES DE PIERRE SALES

En volumes illustrés à 60 centimes.

Ont paru :

Bas les Masques![1]

I

VISITE IMPRÉVUE

Pour la première fois, depuis bien des jours, Jean Renaud venait de faire sa promenade matinale au bois de Boulogne. Sa mère avait exigé qu'il reprît sa vie habituelle. Il était, d'ailleurs, complètement rassuré sur sa santé : il la voyait calme, heureuse, bien remise des cruelles émotions qui l'avaient agitée. Et maintenant, il se disait qu'il allait la chérir doublement, se consacrer à elle, l'entourer des soins les plus délicats, lui donner tant de bonheur qu'il la forcerait à oublier qu'elle avait souffert. Le bonheur de sa mère! Telle serait désormais son unique préoccupation. Quant à son bonheur à lui, à quoi bon y songer? S'accomplirait-il jamais... malgré les espérances de Brettecourt? Et, toutes les fois qu'il pensait à sa mère, c'est-à-dire d'une façon presque continue, il pensait aussi au général : dans son esprit, il ne pouvait plus les détacher l'un de l'autre.

Aussi, son visage s'éclaira-t-il, quand, en arrivant à son petit hôtel de la rue Fortuny, il aperçut Brettecourt qui descendait de voiture.

— Mon général! Quelle bonne surprise!

— Sergent Renaud, lui répondit Brettecourt, votre général vient vous demander à déjeuner... s'il ne vous dérange pas.

1. L'épisode qui précède ce récit a pour titre : *A l'Américaine!*

— Vous savez bien que toute ma maison est à vous.

Jean avait sauté de cheval. Les deux hommes pénétrèrent dans l'hôtel.

— Mon enfant, ajoutait joyeusement Brettecourt, comme c'est la première fois que vous vous retrouvez chez vous, j'ai pensé que vous vous ennuieriez un brin, et je suis venu vous tenir compagnie.

— Ah! Je voudrais que nous ne nous quittions jamais, répliqua Jean.

— Oh! jamais, jamais!... c'est peut-être beaucoup; mais, enfin, je crois que nous sommes destinés à passer une partie de notre existence ensemble.

Le déjeuner fut charmant. Brettecourt bavardait avec une jeunesse, un entrain, une gaieté de sous-lieutenant, étourdissant son jeune ami par son esprit, lui parlant de Paris, de l'armée, de ses voyages. Et Jean sentait peu à peu se dissiper sa noire mélancolie; il oubliait presque ses chagrins, se laissant entraîner, lui aussi, à être gai, racontant une excursion très fantaisiste faite autrefois par lui au Japon. — Vers une heure, comme Jean ouvrait sa boîte de cigares, Brettecourt dit:

— Non; nous n'aurions plus le temps de fumer tranquillement. J'ai une visite à faire et je vous emmène.

— Une visite?...

— A madame votre mère; je lui ai écrit, ce matin, que nous serions chez elle un peu après une heure, il ne faut pas la faire attendre.

Jean sourit. Il n'avait pas remarqué que soudain la voix de Brettecourt avait tremblé.

— Mon général, fit-il, il n'y a que vous pour dire les choses si gentiment.

— Alors, nous partons?

— Je donne l'ordre d'atteler.

Quand ils arrivèrent à la rue du Sentier, ils trouvèrent comme un air de fête au célèbre établissement de lingerie. Dans la cour, les camionneurs qui chargeaient les caisses s'apostrophaient en riant. Dans le large escalier, les acheteurs et les vendeuses qui les reconduisaient avaient le sourire aux lèvres. Et les employées allaient et venaient, vives, joyeuses, bondissant sur les marches, passant en courant des magasins de vente aux magasins d'expéditions, accomplissant leur besogne comme une partie de plaisir.

— Je gage, dit Brettecourt, que votre mère a reparu dans ses magasins.

Marie Renaud avait en effet repris, aujourd'hui, la direction de la maison. Et c'était là tout le secret.

Maman Renaud avait furieusement grondé.

— Je te défends de travailler! Je te defends de quitter ton appartement!

Elle s'avançait, les deux mains tendues, vers Marie Renaud. (Page 6.)

Mais Marie avait répondu, avec son sourire inaltérable, son bon sourire, qui avait enfin reparu sur ses lèvres :

— Je t'assure, maman Renaud, que je n'ai jamais été plus brave.

Cependant, le calme de Marie Renaud sembla l'abandonner quand, vers midi, un commissionnaire lui remit une lettre.

— Qu'est-ce que c'est que ça? s'écria sa grand'mère, la voyant pâlir.

— Oh ! rien... une lettre de M. de Brettecourt qui m'annonce sa visite pour tantôt; il viendra avec Jean.

— Jean ne peut donc pas déjeuner avec nous ?

— Non. Je veux que Jean reprenne sa vie de jeune homme.

Maman Renaud haussa les épaules. Comme si Jean ne se serait pas toujours trouvé plus heureux entre elles deux ! Elle dit encore :

— C'est curieux que M. de Brettecourt t'écrive pour t'annoncer sa visite, lui qui vient tous les jours !... Il ne dit pas autre chose ?

— Non, non, fit Marie, légèrement embarrassée ; mais dépêchons-nous : il viendra sans doute de bonne heure.

Il fallut déjeuner à la hâte; ensuite, Marie pria sa mère de mettre une robe de soie, et elle-même s'habilla avec un certain soin, un peu de coquetterie même. Puis, au grand etonnement de maman Renaud, elle rangea, d'une façon toute spéciale, son grand cabinet, plaça un beau bouquet sur sa table.

— On dirait que tu attends d'autres visites que celle de M. de Brettecourt ?...

Marie ne répondit pas ; mais son excitation augmenta dès que Brettecourt et son fils apparurent. Elle les reçut dans son cabinet, puis fit donner l'ordre que personne ne la dérangeât pour affaires. Et la curiosité de maman Renaud, et celle de Jean, atteignait à son comble... lorsqu'on porta à Marie la carte de la marquise douairière de Villepreux.

Marie montra la carte à Brettecourt, puis la tendit à son fils, qui blêmit. Brettecourt eut un sourire de triomphe. Quant à maman Renaud, qui avait lu le nom en même temps que son arrière-petit-fils, elle frissonnait.

Jean s'était levé pour aller au-devant de la douairière ; mais il restait cloué sur place, n'ayant pas la force de marcher. Et ce fut Brettecourt qui introduisit Mme de Villepreux, sa belle-fille et Henriette, dans le cabinet de Marie Renaud. Il allait faire les présentations; la douairière l'arrêta :

— Ne me dites rien, Henri !

Elle s'avançait, les deux mains tendues, vers Marie Renaud.

— Madame, dit-elle, je remercie le ciel qui, grâce à M. de Brettecourt, m'a enfin permis de retrouver la famille du noble soldat qui paya de sa vie son dévouement à mon fils... un fils que j'aimais passionnément et qui est mort depuis, hélas! Mais ma reconnaissance n'en est pas moins grande, et je vous le prouverai par mon amitié, si vous voulez bien m'accorder la vôtre.

Marie était comme anéantie. Il lui semblait qu'elle revoyait le bien-aimé.

— Madame, balbutia-t-elle, nous vous aimions tous, ici, avant de vous connaître...

Elle n'eut pas la force d'ajouter un mot, sa voix s'étranglait.

— Oh! peut-être pas tous, dit finement la douairière.

Et, se tournant vers maman Renaud :

— N'y a-t-il pas quelqu'un ici qui nourrit un peu d'animosité contre la famille de Villepreux, quelqu'un qui s'est toujours dérobé à notre reconnaissance?...

Maman Renaud tremblait maintenant comme une feuille secouée par l'orage.

— Il y a déjà longtemps, madame, poursuivit la marquise, que nous devrions nous connaître et nous aimer. Si fière que vous soyez, vous me permettrez pourtant, je l'espère, de vous serrer dans mes bras?...

Maman Renaud, bouleversée, se laissa aller en sanglotant dans les bras de la marquise; celle-ci poursuivait, d'une voix mouillée de larmes :

— Il paraît, — le général m'a raconté tout cela, — il paraît que vous étiez jalouse de moi, que vous vous demandiez pourquoi c'était votre fils que la mort avait frappé devant les murs de Sébastopol, et non le mien? Hélas! madame, c'est que les chemins de la Providence sont mystérieux; mon fils est mort aussi, et nos douleurs sont pareilles...

Ah! certes, maman Renaud ne nourrissait plus la moindre animosité contre la famille de Villepreux; et, quoique très mécontente des indiscrétions de Brettecourt, elle lui adressa un regard chargé de reconnaissance.

Jean avait fini par dominer son émotion. Quand la douairière se dirigea vers lui, elle le vit qui tenait dans ses mains la main de Juliette et celle de sa fille. Il leur disait :

— Je ne saurais vous exprimer tout le bonheur que j'éprouve à vous voir ici...

— Il ne peut être plus grand que le nôtre, répondait la jeune marquise.

Henriette s'avança alors vers Marie Renaud en balbutiant :

— Moi, madame, je vous aime de tout mon cœur !

Marie la prit dans ses bras et la serra passionnément.

— Ah ! chère, chère enfant !

Puis, s'adressant à la jeune marquise, Marie murmura :

— Vous n'êtes pas jalouse, madame ?

— Seriez-vous jalouse si votre fils m'aimait bien aussi ?

— Ce serait mon plus grand bonheur, déclara Marie Renaud.

— J'espère maintenant, dit la douairière, que tous les malentendus sont terminés, et que vous considérerez désormais notre maison comme la vôtre... Monsieur Jean Renaud, je suis une bien vieille femme, mais j'aime beaucoup les jeunes gens... Et j'attends votre visite, souvent, très souvent.

Et elle eut un délicieux sourire :

— D'ailleurs, ajouta-t-elle, on ne trouve pas que des vieilles femmes à l'hôtel de Villepreux...

Jean et Henriette rougirent vivement, tandis que Marie disait :

— Aujourd'hui même, madame, si vous le permettez, nous vous rendrons votre visite, pour vous prouver combien elle nous a touchés.

— Madame, répondit la douairière, le jour où vous viendrez chez moi pour la première fois sera l'un des plus beaux de ma vie ; c'est vous dire avec quelle impatience je vais vous attendre.

Quelques instants après, les dames de Villepreux se retiraient. Jean et Brettecourt les accompagnèrent jusqu'au bas de l'escalier. Et, tandis qu'elles repartaient dans un modeste fiacre, Brettecourt dit, mélancoliquement :

— J'ai connu le temps où il y avait une douzaine de chevaux dans les écuries de l'hôtel de Villepreux...

Quand ils remontèrent à l'appartement, Marie Renaud se préparait déjà à sortir.

— Monsieur de Brettecourt, dit-elle, je vous prierai de m'offrir votre bras pour me rendre chez Mme de Villepreux.

— Je suis à vos ordres, madame. Une telle visite se rend bien dans les vingt-quatre heures. Nous accompagnez-vous, madame ? demanda-t-il à maman Renaud.

La bonne vieille secoua la tête. Non, elle n'irait pas encore chez cette marquise, elle attendrait de la connaître davantage. Elle était d'ailleurs trop bouleversée. Et puis, ne devait-elle pas rester là, pour surveiller la maison?

Marie Renaud ne prononçait plus une parole. Elle agissait automatiquement, évitant les regards, un peu angoissés, de son fils, reprenant sans cesse des forces dans les yeux encourageants de Brettecourt. Ils partirent tous les trois presque aussitôt, dans la voiture de Jean, et furent très silencieux pendant tout le chemin. Quand ils arrivèrent rue Saint-Dominique, ils trouvèrent la grande porte de l'hôtel ouverte. La servante, qui guettait leur arrivée, fit signe au cocher qu'il pouvait pénétrer dans la cour. La voiture, décrivant une légère courbe, s'arrêta devant le perron.

Cela dura à peine dix secondes; et cependant une foule de pensées assaillirent l'esprit de Marie Renaud.

C'est dans cette cour que celui qu'elle avait tant aimé avait joué enfant, dans ce vaste hôtel, aujourd'hui si morne, que s'était écoulée la plus grande partie de sa jeunesse; c'est de là qu'il partait pour aller la voir dans son modeste logement de la place des Vosges, là qu'il avait rêvé de la faire vivre... C'est dans cette demeure, alors opulente, qu'il était mort désespéré, sans avoir pu assurer le sort de sa femme et de son enfant... C'est là qu'on les eût recueillis jadis avec tant de joie, qu'on les eût aimés, qu'on leur eût évité les douleurs de la vie, sans l'intervention d'un misérable! Mais Marie ne regrettait rien: si elle ne s'était pas trouvée abandonnée, elle n'eût pas travaillé pour gagner une fortune à son fils, cette fortune dont elle songeait déjà à se servir comme si elle portait le nom de Villepreux...

Jean était pâle, tremblant.

Brettecourt était ému, mais heureux. Et ce fut avec le plus noble sentiment de fierté qu'il offrit la main à Marie Renaud, pour la faire descendre devant cette vieille demeure qui aurait dû être à elle. En ce moment, la douairière de Villepreux parut sur le seuil de sa maison.

— Soyez, ici, la bienvenue, madame! s'écria-t-elle. Et vous aussi, monsieur Jean!

Henriette et sa mère étaient auprès de la douairière. Jean, instinctivement, jeta un coup d'œil dans le vestibule: il cherchait, il espérait voir le marquis et Frédéric. La douairière le devina.

— Ces messieurs sont absents, dit-elle.

Honoré n'avait pas reparu depuis le matin; il n'avait même pas déjeuné avec sa famille. Quant à Frédéric, il avait refusé de prendre aucune nourriture, et il était parti, la tête en feu, le cœur brisé. En ce moment même, il marchait dans Paris, au hasard, allant devant lui, de rue en rue, s'enfonçant dans des quartiers inconnus, fuyant la foule, s'abandonnant à sa douleur...

Pour remonter le grand escalier de l'hôtel, la douairière eut l'air de s'appuyer sur le bras de Marie; mais, en réalité, elle devait soutenir la pauvre femme, que l'émotion terrassait. Et, quoique Marie eût les yeux ouverts, elle ne voyait rien des choses présentes: il lui semblait que c'était au bras de Jean de Villepreux qu'elle gravissait l'escalier de l'antique demeure. Elle se souvenait justement qu'un jour où elle lui avait manifesté son admiration pour le solennel escalier de la place des Vosges, il lui avait répondu en riant: « Ah! j'en connais un bien plus beau! »

La jeune marquise avait pris le bras de Jean Renaud, et Henriette, toute radieuse, celui de Brettecourt.

— Ah! vous êtes un bon ami, vous! murmurait-elle.

— J'ai donc une petite place dans votre cœur?

— Une grande, général.

Au moment où ils pénétraient dans le salon de la douairière, une porte située sur le vaste palier du premier étage s'ouvrit à moitié, et une face glabre, blême, se glissa lentement par l'entre-bâillement. Et après la face, un corps tout tremblotant. Caché derrière cette porte, Guépin avait vu monter Marie Renaud et son fils.

— C'est eux, prononça-t-il, abasourdi, c'est bien eux!

Il se coula jusqu'à la porte du salon, y appliqua son oreille et écouta.

— Baradoux avait donc raison? murmurait-il. La voici dans la place, cette damnée femme!... Et tout d'un coup!... Sans que j'aie rien deviné?... Diable, diable! on dirait que les choses se gâtent... Attention à nous, Guépin, mon ami!... Et ce sacré marquis qui est absent!...

XVII

L'EFFROI D'UN COQUIN

Le marquis, à ce moment même, traversait la cour de l'hôtel, d'un air tout guilleret. Guépin l'aperçut et murmura :

— Ah ! tu te crois sauvé, mon bonhomme ?... Eh bien ! il va falloir en rabattre.

Le marquis se croyait bien sauvé en effet. Il rentrait chez lui encore tout grisé par le succès rapide, étourdissant, qu'il avait obtenu chez Dikson et chez Baradoux, par les marques de respect dont il avait été abreuvé, surtout chez ce dernier. Il était redevenu le marquis d'autrefois, l'homme devant lequel tout le monde s'inclinait. — Après avoir obtenu le consentement de son fils, oubliant aussitôt la façon dont il l'avait obtenu, il s'était précipité chez Dickson. La famille de l'Américain était dans la plus cruelle perplexité. Et on n'avait guère dormi dans le joli hôtel de l'avenue du Bois-de-Boulogne, à la suite de cette triste parole d'Edith : « Mais il est de glace, ce Français ! » L'Américain s'était seulement jeté sur son divan et n'avait pas cessé de fumer. Edith ne s'était couchée que pour pouvoir pleurer en secret, non des larmes d'amour, mais de vanité blessée. Sa mère, craignant les reproches de son mari, était atterrée...

Mais, devant la demande en mariage, faite officiellement, et de la façon la plus gracieuse, par le marquis, toutes les angoisses de la nuit furent vite oubliées. Frédéric s'était montré d'une délicatesse parfaite, voilà tout.

— Il adore votre fille, avait affirmé le marquis, mais n'a pas osé le lui avouer sans votre autorisation.

Honoré s'était rendu ensuite chez Baradoux, où l'attendaient ses plus gros créanciers. Il les avait à peine salués. N'allait-il pas les payer maintenant?... Baradoux s'était enfermé quelques minutes avec lui dans sa galerie de collectionneur, tandis que les créanciers posaient encore dans le cabinet. Et, dès qu'il lui avait eu annoncé que le mariage était bien officiel, Baradoux avait complètement changé.

— J'ai connu le temps... (Page 8.)

Souple, obséquieux, « il s'était *mis aux* ordres de M. le marquis! » On ne saurait montrer trop d'égards envers le père d'un gentilhomme qui va épouser un nombre aussi respectable de millions. Et quelle rentrée dans le cabinet, où les créanciers avaient l'audace de s'impatienter!... C'est ce qui avait mis le comble à la joie d'Honoré. Il n'avait pas eu besoin de prononcer une parole. Avec une allure de profonde déférence, Baradoux avait simplement dit :

— Messieurs, le marquis de Villepreux m'a donné ses

pleins pouvoirs pour terminer avec vous le règlement de ses affaires : vous allez être tous désintéressés...

Et alors, des salutations, des remerciements, qu'Honoré avait daigné accepter avec bonhomie. Puis Baradoux l'avait reconduit jusqu'au bas de son escalier, en protestant « de son dévouement à monsieur le marquis ».

Au moment où ils pénétraient dans le salon de la douairière... (Page 10.)

Honoré avait déjeuné à son cercle, s'était attardé à bavarder avec ses collègues, qui étaient tout surpris de le voir aussi crâne, aussi sémillant.

Et quand Guépin s'avança au-devant de lui, la figure défaite, il ne songea même pas qu'une complication eût pu surgir.

— Ah çà! maître Guépin, fit-il, pourquoi cette mine d'enterrement?

— Monsieur le marquis sera sans doute moins gai... quand il saura qu'*elle* est ici...

— Hein?... Qui, elle?

— La nommée Marie Renaud.

Le spectre de son frère se serait dressé devant lui qu'Honoré n'aurait pas été plus anéanti. Guépin continuait :

— Monsieur le marquis a voulu partir sans m'avertir de rien, et sans m'écouter... Depuis que monsieur le marquis est parti, il s'est passé des choses!...

Le domestique levait les bras au ciel.

— D'abord, une entrevue entre madame la marquise mère et M. Frédéric...

— Cela, je m'y attendais. Peu importe !

— Ah ! peu importe ?... Eh bien, c'est à la suite de cette entrevue que M. Frédéric est allé chercher le comte de Brettecourt...

— Brettecourt, ici ?...

— Il y est venu une première fois, ce matin... Longue entrevue, avec Mme la marquise douairière... Malheureusement, impossible d'écouter, monsieur ! M. Frédéric et mademoiselle rôdaient autour du salon... M. de Brettecourt est parti très agité ; d'ailleurs, tout le monde était ici dans un état d'excitation, de fièvre !... Personne n'a mangé au déjeuner... Et puis, M. Frédéric est sorti comme un fou... Et, au même moment, ces dames partaient toutes les trois pour la rue du Sentier...

— Vous perdez la tête, Guépin !

— Non, monsieur, j'ai parfaitement entendu l'adresse donnée au cocher d'une voiture qu'on m'avait prié d'aller chercher. Je continue : ces dames sont revenues très joyeuses. Et madame votre mère a un air décidé que je ne lui avais pas vu depuis longtemps... Et, une heure après, Mlle Marie Renaud arrivait ici, avec son fils et avec M. de Brettecourt ; on les a reçus à l'entrée de l'hôtel... Monsieur n'a-t-il pas remarqué leur voiture rangée dans la cour ?

Non, Honoré n'avait rien remarqué ; il était tout à la joie de son triomphe. Pendant quelques minutes, il n'eut pas la force de réfléchir : il était terrassé par l'effroi... Marie Renaud dans cette maison, dont il avait cru la chasser à jamais !... A quel titre l'y avait-on reçue ?... Sa mère savait-elle la vérité ?... Peu à peu, cependant, il sortait de sa prostration et songeait à se défendre. Marie le reconnaîtrait-elle ?... Et, si elle osait le reconnaître, n'avait-il pas la ressource de nier ?... Aucune preuve écrite n'existait de sa trahison de jadis. Il releva la tête.

— Annoncez-moi chez ma mère.

— Monsieur le marquis me permettra-t-il de lui dire que son visage n'a pas beaucoup changé depuis vingt-cinq ans ? C'est à peine si monsieur a quelques rides en plus...

— Allez, Guépin ! ordonna Honoré se raidissant.

Et il se dirigea vers le salon. Guépin, prenant exemple sur son maître, dominait son tremblement. Après tout, qu'avait-il à craindre, lui ? Et ce fut du ton le plus correct, qu'il annonça en ouvrant la porte du salon :

— Monsieur le marquis !

Honoré s'était composé un visage à peu près calme. Il s'avança tout d'abord vers Brettecourt.

— J'ai appris, mon cher comte, que vous étiez ici, et ai voulu venir tout de suite vous serrer la main.

Brettecourt ne répondit pas ; il n'aurait pas eu la force de dire une parole aimable à ce drôle ; il se contenta de lui tendre la main, très froidement. Tout le monde s'était levé.

La douairière dit à Marie Renaud :

— Mon fils, madame Renaud.

Le moment le plus redoutable était arrivé pour le marquis. Il se retourna, l'air très surpris, vers Marie, et prononça :

— Ah ! madame est la mère de ce charmant jeune homme ?

Et, en même temps, il esquissait un geste assez gracieux vers Jean Renaud. Marie balbutia : « Oui », d'une voix étranglée... N'eût-elle pas su la vérité par Brettecourt qu'elle eût reconnu le marquis sans hésiter. Et elle revoyait le misérable jouant sa honteuse comédie dans le logement de la place des Vosges... Son trouble dura à peine une seconde. Elle tendit la main au marquis. Honoré respira... Elle ne l'avait évidemment pas reconnu... Cependant, comment expliquer la présence de Brettecourt ? Comment expliquer la visite de Marie Renaud et surtout celle que les dames de Villepreux lui avaient faite auparavant ? Les doutes d'Honoré allaient le reprendre, quand sa mère dit :

— Mon fils, madame est non seulement la mère de M. Jean Renaud, ce qui serait déjà un motif suffisant pour que nous soyons tout particulièrement heureux de la recevoir ; mais elle est la fille de ce capitaine Renaud qui fût tué en défendant ton frère devant les murs de Sébastopol.

L'explication était si simple qu'Honoré se sentit complètement rassuré. Il exprima très aimablement sa reconnaissance à Marie Renaud. Et celle-ci, dont le cœur se soulevait devant une si parfaite hypocrisie, prit bientôt congé des dames de Villepreux. La présence d'Honoré avait brisé le charme par lequel tous ces êtres d'élite se trouvaient unis.

Le marquis, jouant son rôle jusqu'au bout, accompagna Marie à sa voiture, ne semblant pas plus ému que s'il se fût agi d'une visite ordinaire. Il tendit très cordialement la main à Jean et à Brettecourt et dit de la façon la plus naturelle :

— Au revoir, messieurs.

Mais, dès qu'ils eurent disparu, ses traits se contractèrent.

— Jour de Dieu! s'écria-t-il avec rage, si cette Marie Renaud, son Brettecourt et son fils remettent jamais les pieds chez moi, c'est que je n'y serai plus le maître!

Il regagna aussitôt le salon de sa mère et trouva la douairière seule. Elle s'attendait à une demande d'explication et avait éloigné sa petite-fille et sa belle-fille.

— J'ai à vous parler, ma mère.

— Cela se trouve fort bien, mon fils, répliqua fort tranquillement la douairière, car j'ai justement besoin de m'entretenir avec toi.

Et elle montrait un siège à son fils.

— Ce sera peut-être long, assieds-toi donc. — Tu sembles bouleversé...

— On le serait à moins, ma mère...

— Et... le motif?

— Tout d'abord la présence de M. de Brettecourt, dans cette maison, dont jamais plus il n'aurait dû franchir le seuil!

— Mon Dieu, fit la douairière toujours très-calme, je comprends que cela te surprenne; mais cela est ainsi : j'ai rendu toute mon affection à Henri... Je n'aurais jamais dû la lui enlever...

— C'est à mon tour de vous en demander le motif?

— Mon bon plaisir, mon fils.

— Alors, ma mère, vous voudrez bien me prévenir quand vous devrez recevoir M. de Brettecourt; il ne saurait me convenir, à moi, de me trouver en face de l'homme par qui Jean est mort...

La douairière ne broncha pas.

— Soit! dit-elle, je te préviendrai... Et je commence par te prévenir que cela *arrivera assez souvent*; car j'entends que le comte de Brettecourt considère désormais ma maison comme la sienne...

— Notre maison! interrompit Honoré.

— Pardon! pardon! la mienne! Dieu merci, je suis ici *chez moi*.

Il y eut un court silence, puis Honoré reprit :

— Soit! ne parlons plus de M. de Brettecourt; je suis certain d'avance que vous n'aurez pas la force de le voir aussi souvent que vous le prétendez; et comme c'est un galant homme, il le comprendra... — Mais cette... Mlle Renaud?

Il appuya sur le mot « mademoiselle ».

— Il en sera de même pour la mère de M. Jean Renaud et pour M. Jean Renaud! déclara la marquise.

— Je vous arrête là, ma mère. M. Jean Renaud, pas plus que sa mère, ne sauraient venir ici sans mon consentement : ce jeune homme aime ma fille ; je ne la lui donnerai jamais ; le recevoir ici, c'est compromettre inutilement Henriette! Ce n'est pas, je pense, le but que vous vous proposez?

— Non, répondit la douairière, dont le calme ne se démentait pas, non! Et mon but, je te l'avoue très franchement, est de marier ces enfants...

— Sans mon consentement?

— Tu le donneras.

— Jamais!

— Tu as donc de bien sérieuses raisons pour t'y opposer?

— Je ne donnerai jamais ma fille, je vous le jure bien, à un garçon qui ne soit pas né...

— Ne jure pas! Demain peut-être, tu auras changé d'idée. Passons à un autre sujet...

— Non, ma mère. J'entends savoir pourquoi vous recevez ici Mlle Renaud?

— Je suis liée et nous sommes tous liés à elle par la reconnaissance... Faut-il que je te répète?...

— La petite histoire de Sébastopol? Non, c'est inutile. Permettez-moi seulement de vous demander si vous ne connaissez pas autre chose sur le compte de cette... honorable marchande de lingerie?

— Parfaitement ; je connais sa vie...

Et la douairière répéta exactement à son fils tout ce que Brettecourt lui avait dit la veille. Quand elle eut terminé, Honoré était complètement rasséréné : personne ne savait la vérité, pas plus Brettecourt que sa mère ; Marie Renaud avait gardé son secret ; et, si tout à l'heure elle ne l'avait pas reconnu, il n'avait plus rien à redouter d'elle.

— Ainsi, dit-il de son air le plus dédaigneux, vous êtes bien décidée à recevoir chez vous — je n'ose plus dire notre maison, vous m'avez fait trop bien sentir que je n'étais pas chez moi ici — une femme et son fils, qui se trouvent dans une situation aussi irrégulière?

— Oui.

— Eh bien! ma mère, vous me permettrez alors d'en faire sortir ma femme et ma fille.

Cette fois, la marquise perdit un peu de son calme. Lui enlever Henriette! Elle n'avait pas songé à une pareille façon de l'intimider.

— Tu oserais?... prononça-t-elle lentement.

— Pardon, ma mère, interrompit très froidement le marquis, si quelqu'un commet des actes osés, ici, c'est vous et non pas moi. Recevoir dans une maison telle que la nôtre une sorte... d'aventurière!

— Honoré!

— Eh! ma mère, je suis un homme, moi! Je ne me laisse pas prendre à de petites histoires sentimentales. Qu'est-ce que c'est que cette Marie Renaud? Ne vous laissez donc pas aveugler par la reconnaissance! Son père a sauvé mon frère... Eh bien, c'était son devoir, puisque mon frère portait le drapeau; à la guerre, cela se passe ainsi tous les jours! — Cette Marie Renaud, m'apprenez-vous, a été séduite par un officier, puis abandonnée? Cela se passe encore tous les jours dans les garnisons : un officier ne peut pas épouser toutes les maîtresses qui se jettent à sa tête. Elle a raconté son histoire à sa façon à ce brave Brettecourt, qui est un naïf et qui l'a avalée, pour vous la faire avaler ensuite...

— Assez, mon fils, assez!

— Non! Je ne veux pas qu'on se moque de vous! Qui vous dit que cette aimable personne n'a pas été renvoyée par son officier à la suite de quelque infidélité? Et à qui voudrez-vous faire croire que cette femme, seule, sans argent, ait pu fonder sa maison de lingerie, acquérir sa fortune?... Le simple bon sens ne vous dit-il pas qu'il y a là-dessous quelque amant, quelque vieux richard?... Et c'est pour cela, ma mère, que je vous prie de ne plus recevoir ici ni cette femme, ni son joli garçon de fils...

Mais la marquise s'était levée et se précipitait vers Honoré. Elle arrêta son flot d'injures par ce seul mot :

— Misérable!

Le marquis bondit, et, saisissant sa mère par les deux mains :

— Prenez garde, madame!

— Misérable! répéta-t-elle. Insulter cette femme qui, peut-être...

— Taisez-vous donc, madame! Vous oubliez que je suis le chef de votre famille.

La douairière, d'un mouvement brusque, se dégagea et repoussa son fils. Et, étendant la main avec majesté :

— Vous ne l'êtes plus depuis longtemps. Vous avez apporté le déshonneur dans notre maison!... Je me suis révoltée quand, il y a quelques jours, ce pauvre Florimont vous traitait comme vous ne le méritiez que trop... Mais aujourd'hui que je sais tout...

— Ah! vraiment? prononça Honoré ramassé comme un fauve.

— ... je vous défends d'insulter cette femme si simple et si noble, je vous défends de calomnier sa fortune, si courageusement, si honnêtement gagnée, cette fortune... qui va peut-être vous sauver!...

— Ah! ah! Voilà tout le secret de la comédie? s'écria Honoré avec un rire nerveux. Je comprends maintenant : M. Renaud, sergent dans la légion étrangère, c'est-à-dire dans un ramassis d'aventuriers, aime la fille du marquis de Villepreux; et, comme il ne saurait par lui-même prétendre à l'honneur de l'épouser, il fait sa petite enquête en dessous, apprend que le marquis est quelque peu embarrassé dans ses affaires, et s'imagine qu'il achètera son consentement?... La combinaison fait honneur à son esprit inventif; mais je suis étonné d'y trouver mêlés et le comte de Brettecourt et la marquise douairière de Villepreux. Prévenez ce Jean Renaud, ma mère, que je ne veux pas, que je n'ai pas besoin de son argent!

Déjà Honoré se dirigeait vers la porte. Sa mère l'apostropha en lui barrant le chemin :

— Alors, comment sauverez-vous votre nom, monsieur?

— Mon Dieu! madame ma mère, je pourrais vous répondre que cela ne vous regarde pas; mais je veux bien vous expliquer que ma situation n'est nullement menacée et que l'aide de mes amis me suffit pleinement pour en sortir...

— Grâce à Frédéric?

— Frédéric est un charmant enfant, qui comprend bien tous ses devoirs et qui respecte son père... Brisons là, d'ailleurs; voici mon fils, je ne veux pas qu'il soit témoin d'une scène semblable...

Frédéric venait d'entrer dans le salon, toujours pâle, défait, harassé par sa longue course à travers Paris. Son père, lui mettant la main sur l'épaule, dit :

— Viens, mon cher enfant. Mistresse Dickson nous attend, ce soir, à dîner.

— N'essayez pas d'entraîner votre fils ! s'écria la douairière. Il n'ira plus chez ces gens-là !

En même temps, la vieille marquise courait à la porte de la chambre de Juliette.

— Viens, viens m'aider à sauver notre Frédéric !

Juliette essuya vivement son visage baigné de larmes ; elle avait tout entendu.

— Ainsi, s'écria Honoré, vous excitez mon fils à se révolter contre moi ?

Frédéric demeurait muet, épouvanté.

— Mon enfant, si tu allais ce soir chez ces Américains, dit la douairière à son petit-fils, tu serais irrévocablement engagé envers eux... Eh bien ! sache que je m'oppose à un tel mariage, de toute mon autorité morale !

— Et moi, s'écria Juliette, de tous mes droits de mère !

— En voilà assez ! prononça rageusement Honoré ; viens, Frédéric !

La douairière se plaça devant la porte.

— Non, non ! Frédéric ne te suivra pas.

— Mais, grand'mère, balbutia le jeune homme anéanti, vous savez bien qu'il le faut... C'est mon devoir !...

— Ton devoir est de m'obéir... Et je t'ordonne de ne pas me quitter ce soir !

II

TROIS NOBLES CŒURS

— Ah ! Les nobles femmes ! Les nobles cœurs !

Jean répétait ces mots pour la dixième fois depuis qu'il avait quitté l'hôtel de Villepreux. Et il les dit encore quand la voiture s'arrêta avenue de Villiers. — Sa mère et Brettecourt l'avaient accompagné. Une explication complète était devenue inévitable, entre eux et l'enfant qu'ils chérissaient si tendrement : ils préféraient tous les deux qu'elle eût lieu loin de maman Renaud. Tandis qu'il offrait son bras à Marie pour gravir le perron, Brettecourt, dit tout bas :

— Le moment est venu...

— Ne craignez rien, répondit-elle ; je serai forte !

— C'est lui surtout, pauvre enfant, qui va être secoué !

— Les émotions heureuses ne font jamais de mal.

Jean, redevenu tout joyeux, leur fit avec le plus charmant entrain les honneurs de son logis.

Quand ils furent installés tous les trois dans son salon, il se remit à parler encore des dames de Villepreux, des deux marquises pour lesquelles il ne trouvait pas d'expressions assez élogieuses, et d'Henriette surtout...

— N'est-ce pas, mère, qu'elle est bonne, douce... et si gracieuse?

— Oui, oui, répondait Marie Renaud en souriant.

— Vois-tu, quand elle s'est jetée à ton cou et t'a embrassée si affectueusement, il m'a semblé que je la pressais moi-même dans mes bras...

— C'est peut-être bien pour cela qu'elle l'a fait, prononça malicieusement Brettecourt.

Après un court silence, Jean reprit :

— Oh! Je serais resté là, longtemps, longtemps... avec une joie!... Pourquoi faut-il que ce marquis soit venu nous interrompre?... Il est vrai que lui aussi s'est montré presque aimable aujourd'hui!

Il avait bien examiné Honoré de Villepreux tandis qu'il saluait sa mère et n'avait rien remarqué qui pût le blesser...

— Et maintenant, mon général, allez-vous enfin m'expliquer?... J'ai tenu toutes mes promesses : vous m'avez demandé d'attendre, j'ai attendu; vous m'avez demandé d'espérer; je n'espérais que bien peu, mais enfin j'espérais, et vous venez presque de me prouver que vous aviez raison; vous m'avez demandé de garder le secret de ce qui s'était passé entre nous trois, même devant ma grand'mère, je l'ai gardé. Je vous ai obéi en tout, et suis encore décidé à vous obéir en tout; mais le moment n'est-il pas venu de m'expliquer le fond de tout ceci, le secret de votre conduite?...

Brettecourt eut un mélancolique sourire.

— Le secret de ma conduite, murmura-t-il : c'est d'abord que je vous aime, mon enfant, et que... Mais interrogez-moi! Je vous promets, à présent, de répondre à toutes vos questions...

— Une seule! prononça Jean : Mme de Villepreux savait-elle, en venant chez ma mère, chez... qui elle venait?

— Elle le savait!

— Elle connaissait notre situation... irrégulière?

— Elle la connaissait.

— Par vous?

— Par moi.

— Ah! Que j'aime mieux cela! s'écria Jean. Au moins la situation était franche. Maintenant, mon général, parlez... car je n'ai plus qu'à vous écouter!

Brettecourt se recueillit quelques instants, il était terriblement ému, mais se raidissait. Quant à Marie, elle s'était placée à contre-jour, pour mieux dissimuler le trouble qu'elle éprouvait déjà.

— Vous avez le droit, mon cher Jean, commença le général, de connaître toute la vérité; et si, jusqu'à ce jour, j'ai voulu vous la taire, c'est que j'avais besoin d'examiner, avec mon expérience, et comme seul je pouvais le faire, la situation très particulière de la famille de Villepreux... Et il faut avant tout que je vous raconte l'histoire de cette famille... et la *mienne*.

— La vôtre?

— Oui. Elle est intimement, et très malheureusement, liée à celle des Villepreux. — La marquise douairière avait deux fils : l'aîné se nommait Jean, comme vous; et vous lui ressemblez d'une façon frappante, ce qui vous explique l'émotion que sa mère a ressentie en vous voyant...

Brettecourt procédait lentement, prudemment, pour l'amener à consentir à une chose bien convenue entre lui et Marie, mais à laquelle il prévoyait que Jean s'opposerait tout d'abord de toutes ses forces.

— Le second fils se nommait Honoré; vous le connaissez. Une différence absolue existait entre les deux frères : autant l'aîné était bon, généreux, autant le cadet était d'une nature perverse, fausse; et, tout enfant, j'avais déjà pour lui une insurmontable antipathie...

— Mais vous étiez l'ami de son frère?

— L'ami intime, le camarade de chaque jour, et plus tard le frère d'armes. J'avais perdu mes parents; et la maison des Villepreux était devenue la mienne. C'est la douairière de Villepreux qui m'a servi de mère le jour de ma première communion; c'est chez elle qu'on fêtait mes examens, chez elle qu'on a fêté mes premiers galons d'officiers...

— Cependant... vous aviez cessé de voir cette famille?...

— A la suite de l'abominable malheur que vous allez connaître... Sachez, d'abord, qu'il y avait une jeune fille dans cette maison, une orpheline comme moi, élevée avec des soins *infinis par la marquise*, Mlle Juliette de Persant, qu'elle destinait à son fils aîné. Ce fils était toute sa joie, son orgueil; il avait renoncé, comme vous, mon cher Jean, — car la ressemblance morale est aussi grande entre vous deux que la ressemblance physique, — à la carrière militaire, afin de se consacrer tout entier à sa mère...

Si Jean Renaud n'avait pas eu les yeux ardemment fixés sur ceux de Brettecourt, il aurait sûrement remarqué alors les tressaillements de sa mère. La noble femme ne pouvait plus dominer son émotion; et elle murmurait : « Oh! oui, mon Jean si digne de son père!... »

— La marquise était veuve, reprit Brettecourt. Son fils l'entourait avec une telle délicatesse, prévenait si bien tous ses désirs qu'elle avait l'habitude de dire : « J'aurai eu deux fois le bonheur sur la terre. » Elle avait passionnément aimé son mari! Son fils aîné le lui remplaçait...

— Et vous aussi un peu? dit Jean.

— Moi, je l'aimais bien, et elle me le rendait; mais son fils!... Elle le plaçait, je crois, au-dessus de Dieu... Cependant, elle sut se séparer de lui, au moment de la guerre de Crimée; elle devina les souffrances de Jean, à la pensée que des Français versaient quelque part leur sang pour la patrie et qu'il n'y était pas; elle lui dit : « Va te battre! » car il était comme vous, Jean : il voulait se battre! Cette fois, je ne fus pas encore son compagnon d'armes, j'étais trop jeune. Mais, plus tard, nous allâmes ensemble en Italie; et il se battit... comme vous! Quand je vous voyais vous élancer à l'assaut de cette maudite redoute de Hoa-Moc, où nous avons perdu tant de monde, et où vous n'avez échappé à la mort que par miracle...

— Grâce aux prières de ma mère! s'écria Jean Renaud.

— Eh bien! dit Brettecourt, il me semblait que je revoyais mon cher ami Jean de Villepreux! — Après la campagne d'Italie, je continuai mon métier de soldat; mais lui, revint auprès de sa mère et se consacra de nouveau à elle. Et elle se préparait à lui faire épouser Mlle de Persant, quand un malheur irréparable...

Jusque-là, Brettecourt avait parlé assez posément, il était presque maître de lui. Mais, au souvenir de la mort de Jean de Villepreux, son courage l'abandonna, sa voix devint toute tremblante :

— Un jour, poursuivit-il interrompu par des hoquets, je revenais d'Afrique... Ma première visite avait été naturellement pour les Villepreux. Je ne trouvai pas mon ami chez lui... Il était à son cercle... Je l'y rejoignis, et nous y passâmes ensemble quelques heures particulièrement émouvantes ; car Jean de Villepreux avait une confidence extrêmement délicate à me faire... Et, après notre déjeuner, on vint le chercher pour sa leçon d'armes... Je lui proposai de faire un assaut avec lui... Ah! mon Dieu! mon Dieu! donnez-moi la force d'achever!

— Pardon, ma mère, interrompit froidement le marquis. (Page 18.)

Jean, stupéfait par l'émotion de Brettecourt, s'était précipité vers lui et lui prenait la main :

— Mais qu'avez-vous, général? Calmez-vous...

— Par un hasard abominable, mon épée se démoucheta soudain... Le masque de Jean était usé... Je lui portai un coup terrible à la tête... Et... et il tomba!... J'avais... j'avais tué mon ami, mon frère d'armes...

Maintenant, Brettecourt pleurait comme un enfant, et Jean le consolait, le pressait contre lui et lui disait tendrement :

— Que je comprends vos tristesses... et votre émotion quand vous m'avez rencontré... puis votre bonté! Ah! que

— Je vous défends de dire cela. Si mon père est mort, c'est que Dieu le voulait. (Page 33.)

j'aurais voulu savoir alors!... J'aurais été un enfant pour vous, j'aurais inventé des consolations...

— Vous avez fait tout cela sans savoir, Jean; et cela a mieux valu peut-être. Avant de vous connaître, je ne songeais qu'à la mort, je trouvais qu'elle ne venait pas me prendre assez vite... Et, tout d'un coup, j'ai songé à vivre, à me dévouer à vous, comme je me serais dévoué à... à...

Brettecourt allait dire : « A l'*enfant* de Jean de Villepreux... » Mais il n'en eut pas encore la force, et il dit simplement :

— A mon ami de Villepreux, et à tous les siens. Mon dévouement, hélas! ne leur a pas servi à grand'chose, du moins jusqu'à ce jour. — La marquise oublia, avec une sublime bonté, le mal que je lui avais fait ; et, pendant quelques années, elle me permit de lui écrire ; puis, soudain, je reçus une lettre d'Honoré me priant de cesser toutes relations avec sa mère : la vue seule de mon écriture lui causait des crises terribles... Je me résignai... Pendant ce temps, Honoré était parvenu à épouser la jeune fille qui était destinée à son frère...

— La mère de Mlle Henriette?

— Oui ; et ce nouveau marquis de Villepreux se conduisait indignement...

Jean faillit interrompre Brettecourt.

— Écoutez-moi, dit celui-ci avec autorité ; je dois vous parler en toute franchise. Honoré était joueur, jouisseur, sans scrupules, un homme indigne de son nom ; je vous en donnerai tout à l'heure une bien triste preuve et qui vous touche de plus près que vous ne pouvez vous l'imaginer. Il commença par ruiner sa femme, puis sa mère ; et, sans l'énergie de la vieille marquise, les dames de Villepreux seraient réduites aujourd'hui à la dernière misère. Elle a pu sauver du naufrage de très modestes capitaux et son hôtel, qui a une assez grande valeur malgré son état de délabrement, mais une valeur difficile, pour ne pas dire impossible à réaliser immédiatement ; notez ce détail, qui a une grande importance...

Jean avait baissé la tête. Il souffrait réellement d'entendre parler aussi sévèrement du père d'Henriette.

— Et sa mère, sa femme... que faisaient-elles? interrogea-t-il, au bout d'un instant.

— Elles subissaient l'homme *qui portait le nom*... Elles n'ont jamais osé le faire interdire, et elles ont eu tort, car elles ne se trouveraient pas aujourd'hui en face du déshonneur...

— Du déshonneur! s'écria Jean Renaud en pâlissant.

Et, d'une voix mouillée de larmes, il ajouta :

— Oh! Pauvre Henriette! Pauvre Frédéric!... Cet homme ne s'est donc pas contenté de ruiner ses enfants?

— Vous aller en juger. Au milieu de nombreuses folies, de dettes contractées envers des usuriers de bas étage, des gens de courses, des bookmakers, des garçons de cercle et de toute sorte de personnages interlopes, le marquis a entrepris deux grosses affaires, qui se sont aussi vilainement terminées qu'elles étaient grosses. La première est une entreprise d'élevage, dans laquelle il a abominablement trompé ses commanditaires, et qui a abouti à une liquidation déplorable; cette liquidation se serait même transformée en faillite frauduleuse, si les créanciers n'avaient eu l'espoir d'être remboursés par le marquis, qui n'est jamais embarrassé pour promettre... Au moment où l'on s'impatientait le plus vivement contre lui, il a prêté, ou plutôt vendu son nom à des misérables...

— Qui l'auront entraîné? essaya de dire Jean.

— Oh! nous ne devons pas nous faire d'illusion; il ne valait pas mieux qu'eux. Et il a fondé une soi-disant compagnie de réassurances, qui, sous une allure à peu près honnête, n'était qu'une vaste escroquerie...

— Mon Dieu! Mon Dieu! balbutia Jean. Mais cet homme est donc capable de tout?

— Oui, de tout! déclara Marie, parlant pour la première fois. Et nous avons voulu, mon enfant, que tu saches bien toute la vérité! C'est à toi de décider de notre conduite; tu ne dois le faire qu'en toute connaissance de cause.

— Voici sa dernière infamie, reprit Brettecourt : il se sent perdu; sa compagnie de réassurances est à la veille de faire faillite, ses anciens créanciers à qui il avait pu, grâce à cette nouvelle affaire, distribuer quelques acomptes, montrent les dents: il suffit d'une seule plainte pour que le marquis de Villepreux passe en police correctionnelle... Pour se sauver, il n'hésite pas à sacrifier son fils. Et son fils, par dévouement filial, se laisse sacrifier : Frédéric aime passionnément, malgré des dissentiments assez ridicules, la fille de maître Florimont...

— Oui, je sais, dit Jean Renaud souriant mélancoliquement à la pensée de Louison.

— Eh bien! Frédéric consent à épouser une Américaine, une Mlle Dickson — qu'il n'aimera jamais — parce que le père de cette Américaine, quelque aventurier évidemment, va dégager la situation du marquis. On a vu souvent des gentilshommes vendre leur nom pour redorer leur blason; ici, c'est un fils qui se vend pour sauver l'honneur de son père!

— Cela ne sera pas! déclara vivement Jean Renaud, non, non! Cela ne sera pas!

Puis, se calmant un peu et souriant encore :

— Ma petite amie Louison, mon alliée, ne me pardonnerait pas de l'avoir permis. Et si ma mère m'y autorise, je saurai bien l'empêcher!

Brettecourt et Marie Renaud tressaillirent : Jean, avant même de savoir qui il était, avait eu la même pensée qu'eux. Brettecourt se pencha à l'oreille de Marie et murmura :

— Comme c'est bien son fils!

Jean s'était levé et s'adossait à la cheminée, les yeux fixés dans le vague, le visage calme, grave :

— Si peu d'intérêt que mérite le marquis, dit-il, il faut le sauver une dernière fois. Et il faut le sauver, sans que Frédéric se sacrifie!... Frédéric, mon frère d'armes, renonçant à son bonheur, acceptant une existence empoisonnée!... Non, non, cela ne sera pas... Nous sommes riches, ma mère?...

— Mon enfant, nous avons songé, avant toi, M. de Brettecourt et moi, à venir en aide à la famille de Villepreux. M. de Brettecourt agissait en mon nom et avec mon entier consentement. Il se renseignait, grâce à M. Florimont, sur la situation du marquis, et nous aurions voulu rembourser ses dettes, pour lui dire : « Voici ce que nous avons fait; vous opposez-vous encore au bonheur de nos enfants? »

— Mais la catastrophe a éclaté plus tôt que je ne pouvais le prévoir, ajouta Brettecourt. Le marquis acculé, obligé de donner aujourd'hui même une solution à ses affaires, a arraché son consentement à Frédéric; et il préfère évidemment de beaucoup cette solution... à celle que nous lui aurions offerte. Il se sauve par lui seul, n'est forcé de s'incliner devant personne : cela convient mieux à son orgueil...

— Mais cela ne sera pas, vous dis-je! déclara Jean, je ne le permettrai pas! Ce que le marquis accepterait d'une belle-fille, il peut bien l'accepter d'un gendre, d'un fils... Il faut le forcer à consentir à *mon mariage*; j'aurai alors le droit de sauver son nom, et je sauverai Frédéric en même temps... Sommes-nous assez riches, ma mère, pour faire cela?

— Oui, répondit Marie Renaud sans hésiter, et je t'approuverais pleinement!

— Telle est aussi la pensée de la marquise douairière, dit Brettecourt; et, en échange des sommes que vous lui avanceriez, elle vous offrirait son hôtel comme garantie...

— Ah! peu importent les garanties! s'écria Jean Renaud avec fougue. Pas de questions d'argent entre nous! Sauvons ce nom de Villepreux, sauvons-le même d'une alliance avec une étrangère dont la fortune a peut-être été malhonnêtement gagnée!... J'irai trouver ce marquis de Villepreux!

— Il ne vous recevra pas! Aujourd'hui, devant vous, il a joué sa comédie habituelle d'homme du monde; mais, ce matin encore, il déclarait formellement à son fils que jamais il ne consentirait à votre mariage avec sa fille, que jamais, jamais, il ne donnerait Henriette à un homme qui ne serait pas « né... » comme il dit, avec le plus sot orgueil. Frédéric lui a d'ailleurs engagé sa parole...

— Une parole ainsi donnée n'a pas de valeur!

— Je le pense comme vous; mais si vous voulez réussir, Jean, si vous voulez forcer cet homme à vous écouter, à vous obéir, il faut que vous... ne portiez plus votre nom!

— Moi! Renoncer au nom de ma mère?... C'est vous, général, qui me conseilleriez cela?

Et Jean contemplait Brettecourt, puis sa mère, avec stupéfaction ou plutôt avec effarement.

— Refuseriez-vous donc de porter le mien? prononça lentement Brettecourt.

— Quand moi je t'ordonne de l'accepter!... s'écria Marie toute tremblante.

III

GENTILHOMME

Jean était retombé sur un siège et se cachait la tête dans les mains.

— Pardonnez-moi, dit-il; mais je ne comprends plus. Toi, si grande en tout, toi toujours aussi simple que noble, et vous, mon général, vous que je considère comme l'honneur même, vous me conseillez l'un et l'autre de recourir à un pareil subterfuge, à un mensonge?... Vous voulez me faire faire une chose misérable?... Quitter *son nom*, si modeste qu'il soit, même pour un nom glorieux comme le vôtre, général, n'est-ce pas indigne? Ne m'avez-vous pas appris tous les deux à agir, malgré tout, loyalement, franchement?...

— Votre devoir, Jean...

— Mon devoir est d'honorer le nom de ma mère et de le faire respecter par tous!... Quitter ce nom! Mais on croirait que j'en rougis...

Brettecourt s'attendait à cette explosion de délicatesse. C'était le seul écueil qui pût empêcher la réalisation de ses projets.

— Madame, dit-il très gravement en se tournant vers Marie, voulez-vous assurer à votre fils que son devoir lui ordonne d'accepter, comme mon devoir à moi, m'ordonne, de lui offrir mon nom... et mon titre.

— Jean acceptera, déclara Marie, quand il saura ce que vous avez à lui dire encore.

Brettecourt eut un moment de trouble :

— C'est vrai, murmura-t-il, je n'ai pas encore eu le courage de lui tout avouer; et cependant c'est de moi seul qu'il doit apprendre la vérité... Si vous saviez le mal que je vous ai fait, mon pauvre enfant!

— Vous! s'écria Jean, relevant la tête.

— Je vous ai dit simplement, tout à l'heure, que Jean de Villepreux était mort... frappé par moi. Sachez maintenant que, dans les quelques moments que j'avais passés avec lui avant cet abominable malheur, il m'avait fait l'entière confession de sa vie. Le marquis Jean de Villepreux aimait une modeste ouvrière, depuis plusieurs mois déjà... Cette ouvrière ne le connaissait que sous un nom d'emprunt...

Machinalement, Jean Renaud porta ses regards vers sa mère. Marie, cramponnée sur les bras de son fauteuil, se raidissait pour ne pas pleurer.

— Cette ouvrière, continuait Brettecourt, il avait l'intention la plus formelle de l'épouser; il n'était arrêté que par le respect qu'il éprouvait pour sa mère. Et il venait de me charger d'aller l'implorer... autant pour son enfant que pour lui...

— Son enfant?... balbutia Jean Renaud tout bouleversé.

— Un enfant qui n'était pas encore né...

Jean s'était avancé sur son fauteuil, tout le corps tendu vers Brettecourt, buvant ses paroles.

— Et déjà, reprit le général, il voulait le reconnaître. Il avait le pressentiment de sa mort... il avait fait préparer son testament par le notaire Florimont... Dans ce testament, d'avance il reconnaissait son enfant et demandait à sa famille de traiter, comme si elle avait été légitimement sa femme, celle qu'il aimait si passionnément...

En ce moment, Jean Renaud vit des larmes couler lentement sur les joues de sa mère, des larmes qui se reformaient sans cesse et tombaient sur son corsage. Pas un sanglot, pas un hoquet!... Elle ne levait même pas les mains pour essuyer son visage.

— Et... ce testament? interrogea le pauvre enfant, d'une voix angoissée.

— Ce testament était incomplet : craignant une indiscrétion, mon ami n'avait encore donné aucun nom au notaire...

— Mais, à vous, mon général, à vous, n'avait-il rien dit?...

— Hélas, non! Il devait me conduire, le soir même, chez sa fiancée...

— Et... et il ne parla pas avant de mourir?

— On le rapporta chez lui... Je l'accompagnais... J'espérais ne plus le quitter... Son frère nous pria de sortir de la chambre où il agonisait... Parla-t-il alors?... Nous ne le saurons sans doute jamais! Mais son frère nous affirma qu'il n'avait pas prononcé une parole...

— Et sa mère?...

— La marquise apprit, par maître Florimont et par moi, la situation de son fils...

— Et... et que fit-elle? bégaya Jean dont la gorge se serrait.

— Sans hésiter, elle déclara qu'elle obéirait aux dernières volontés de son fils, qu'elle accueillerait sa fiancée comme une fille et que l'enfant viendrait au monde chez elle.

— Quel admirable caractère! s'écria Jean. Mais... mais la jeune fille qu'elle destinait à son fils?

— Fut admirable aussi. Elle partagea tous les sentiments de la douairière...

— Mais... le nouveau marquis?

— Fut admirable d'hypocrisie. Il nous affirma qu'il ignorait tous les secrets de son frère, mais se déclara prêt à aimer sa fiancée et à adopter… même à reconnaître son enfant, ce que la loi lui permettait…

— Peut-être était-il *sincère alors* ? dit Jean.

— Non, répliqua Brettecourt. — Cependant, c'est lui qui dirigea nos recherches. Nous devions fouiller tout Paris, pour retrouver la malheureuse femme qui, évidemment se croyait abandonnée. Nous n'avions que bien peu d'indices pour atteindre notre but, nous ; mais lui… avait déjà réussi à connaître le quartier qu'habitait cette infortunée… Il se réserva ce quartier… Lui seul devait la trouver… Et… il la trouva…

— Ah ! prononça Jean devenu tout blême.

— Il se présenta chez elle et lui raconta le plus odieux mensonge : il se garda bien de parler de la mort de son frère ; sa fiancée aurait demandé à aller prier sur sa tombe… Il lui annonça que leur mère *était morte* et, *qu'à son lit de mort*, elle avait exigé de son fils qu'il épousât une autre femme… Il fallait donc que sa première fiancée disparût, quittât Paris… Et, en payement de son obéissance, il lui apportait… de l'argent !

— Le misérable ! s'écria Jean Renaud en bondissant.

— Elle refusa avec indignation. Mais, fidèle au souvenir de celui qu'elle avait aimé et par qui elle se croyait désormais abandonnée, elle obéit à ce qu'elle croyait sa volonté : elle quitta Paris… Elle se réfugia bien loin, et… mit au monde un fils…

— Et… comment s'appela ce fils ?

— Jean !

— Et… en quelle ville de France vint-il au monde ?

— Dans le petit village de Banyuls.

— Et… comment avez-vous appris tout cela, mon général ?

— Je l'ai appris il y a un mois environ… le jour où ce fils a voulu connaître le secret de sa naissance et où sa pauvre mère, se réfugiant en moi, m'a dit des choses qui m'ont permis enfin de tout découvrir !

Jean Renaud chancela.

— Mais, général, ce fils qui a fait tant de mal à sa mère en lui demandant le nom de son père, c'est moi !…

— Et c'est bien vous qui êtes le fils de Jean d'Angoville, marquis de Villepreux !… Et c'est moi, moi qui vous aime tant, c'est moi qui ai tué votre père !…

— Assez, assez !

Jean s'était précipité vers Brettecourt et lui mettait la main sur la bouche.

— Je vous défends de dire cela. Si mon père est mort, c'est que Dieu le voulait. Vous reprocher sa mort serait un crime !

— Ah ! cher et noble enfant, que tu es bien tel que ton père ! s'écria Brettecourt en le serrant dans ses bras.

— Il me semble que c'est mon père qui m'embrasse ! dit Jean éclatant en sanglots.

Puis, s'élançant vers sa mère qui lui tendait les bras :

— Mère chérie, comme tu as dû souffrir !

Et, d'une voix craintive :

— Peut-être as-tu maudit mon père ?...

— Non, Jean ! je l'ai toujours aimé, toujours respecté, sans savoir. J'oubliais ce que je croyais être son abandon, pour ne me souvenir que du bonheur qu'il m'avait donné ! Il était si bon, si tendre, si généreux, si noble dans toutes ses pensées !... Et comme il eût été fier de toi !

— Oh ! moi aussi, je suis fier, bien fier de lui ! C'est si bon, quand on n'a plus de père, de se dire qu'il était digne de sa mère !... C'est si bon de penser qu'il ne t'avait pas abandonnée !... Ah ! nous parlerons de lui souvent, tous les trois : vous me raconterez les moindres choses de sa jeunesse, mon général ?... Il revivra avec nous...

— Certes, oui, mon enfant.

— Et toi, mère, tu me diras...

— Je te dirai tout, comment je l'ai connu, comment je l'aimai... Jusqu'ici, je ne pouvais en parler qu'avec moi seule ; maman Renaud, qui l'aimait autrefois, l'avait maudit, et jamais nous ne prononcions son nom...

— Nous le prononcerons souvent, je vous le jure ! Mais je l'aime, mon père ! Je l'aime comme si je l'avais connu. Tu as son portrait ?

— C'est toi, mon chéri !

Il y eut alors un long silence. Ces trois êtres d'élite se contemplaient avec la plus ardente tendresse, oubliant pour quelques instants les difficultés de la vie, tout au bonheur d'être réunis et de s'aimer dans le souvenir de celui qui n'était plus. Ce fut Jean qui, le premier, s'arracha à cette sorte d'extase.

— Le malheur de ta vie, ma mère adorée, a donc été causé par la trahison de ce misérable?... dit-il amèrement. Et c'est ce misérable qui, tout dernièrement encore, essayait de nous humilier!... L'homme qui m'a écrit cette lettre!... Oh! comme je vais te venger!

— Me venger, mon fils! s'écria Marie Renaud. Et de quoi?

— Mais... de cette abominable tromperie!

— Je ne veux plus m'en souvenir.

— Je veux, moi, te rendre ton honneur!

— Mon honneur est en toi.

— Cet homme doit être puni!

— Tu veux punir le père de la jeune fille que tu aimes?

Jean courba la tête.

— Ma mère avant tout! balbutia-t-il.

— C'est ta mère qui te supplie, en son nom comme au nom de ton père, d'accorder le pardon le plus entier au marquis de Villepreux. Si tu veux te venger, fais-le noblement: sauve ce malheureux! Je ne veux pas d'autre vengeance.

Jean leva timidement les yeux vers Brettecourt.

— Votre mère a raison, dit le général. Vous êtes un Villepreux; votre devoir vous ordonne de sauver le nom...

—Sauver le nom, oui; mais pardonner à celui qui le porte si indignement?... Jamais!

— Votre amour pour votre père vous impose de ramener le bonheur dans sa famille, d'où il a fui depuis longtemps, et ce bonheur ne pourrait jamais exister si vous n'accordiez au marquis de Villepreux le pardon et l'oubli le plus complets...

— La douairière de Villepreux ignore?...

— Tout... et devra toujours tout ignorer!... Comprenez-moi bien, Jean: la douairière n'a jamais estimé son fils Honoré, et elle n'a pu l'aimer que bien peu. Si nous lui révélions qui vous êtes, qui est votre mère, elle vous aimerait sans doute avec un peu plus de tendresse; mais on ne pourrait pas lui dire seulement la moitié de la vérité: il faudrait lui expliquer comment je vous ai retrouvé, comment vous avez jadis échappé à toutes nos recherches; il faudrait lui raconter la mauvaise action de son fils, la plus détestable, certes, qu'il ait commise... La marquise a un caractère indomptable: elle briserait avec Honoré et ne voudrait jamais le revoir. Est-ce là ce que vous désirez?... Songez à Henriette, aussi!

— Songer à Henriette, c'est songer à moi, et je ne dois songer qu'à ma mère, à mon père...

— Jean, je vous jure que si votre père vivait encore, il vous ordonnerait de pardonner !

Jean demeura longtemps silencieux, les yeux fixés à terre.

Brettecourt et sa mère attendaient avec la plus fiévreuse anxiété qu'il parlât.

— Eh bien, mon fils ? murmura Marie.

— Mère, cet homme est impardonnable !

— L'amour d'Henriette est le rachat de sa méchanceté, mon enfant.

— Allons, vous le voulez, prononça Jean comme à regret, je vous obéis... Moi aussi je pardonne au marquis de Villepreux *le mal qu'il a fait à ma mère.*

Marie se précipita vers son fils.

— Merci, mon chéri ! s'écria-t-elle en le serrant dans ses bras, merci au nom de ton père, qui doit être bien heureux là-haut de te voir si bon, si généreux !... Et promets-moi de ne jamais révéler tout ceci à qui que ce soit... surtout à maman Renaud ! Elle serait capable de faire un éclat, qui compromettrait ton bonheur, qui compromettrait notre bonheur à tous !

— Soit, je me tairai. — Mais... maman Renaud verra le marquis... Si elle allait le reconnaître ?

— La mémoire des vieillards est bien faible, mon enfant.

— Pour les choses actuelles, oui, ma mère, mais pas pour celles d'autrefois...

— Il est peu probable qu'elle reconnaisse le marquis, et le reconnût-elle que nous lui affirmerions qu'il n'y a là qu'une ressemblance fortuite. Elle ne le connaît pas, d'ailleurs, sous son vrai nom.

— C'est juste, fit Jean.

Puis, tendant la main à Brettecourt :

— Merci de m'avoir dirigé en tout ceci, merci de me montrer mon devoir : votre sagesse a heureusement corrigé l'emportement de mon caractère.

— C'est que nous sommes à l'âge, mon enfant, dit gravement le général, où l'on désire l'apaisement des haines, l'union de tous les êtres qu'on chérit. Le marquis sera déjà cruellement puni par le doute où il va vivre : il ignore si votre mère l'a reconnu, et va toujours trembler devant elle... Et qui sait si, peu à peu, il ne reviendra pas au sentiment du bien et de l'honneur?... La vengeance ne vous eût donné qu'une satisfaction bien légère et vous eût laissé des regrets éternels. Le pardon vous causera la plus douce des jouissances...

— C'est vrai. J'éprouve déjà une délicieuse impression de

— Mon père, mon père... embrassez-moi ! (Page 38.)

calme, de paix. C'est vraiment bon de se venger par le bien... J'avais besoin d'être ainsi, pour accomplir ma tâche jusqu'au bout.

Le visage de Jean Renaud était redevenu souriant, heureux.

— A l'œuvre, maintenant ! dit-il. Nous n'avons plus le temps de nous abandonner à nos émotions : l'heure presse, il faut que demain le nom des Villepreux soit dégagé, et dégagé par moi. Que dois-je faire?

— Votre mère a réuni les capitaux nécessaires?..

— Oui, tout est prêt, dit Marie.

— Dès demain, vous irez les offrir au marquis...

— Oui, j'irai chez lui, je saurai bien le forcer à m'écouter, à accepter de moi, qui me considère déjà comme son gendre, son fils, l'humiliant service qu'il allait accepter d'étrangers. J'aurai maintenant l'autorité nécessaire pour lui imposer mes volontés; je le ferai respectueusement, mais je le ferai!

Ce soir-là, vers minuit, le marquis de Villepreux était assis dans un fauteuil... (Page 38.)

— Mais... si vous vous présentez chez lui sous votre simple nom de Jean Renaud, il ne consentira pas à vous recevoir : il n'y a qu'un moyen d'abattre sa colère, son orgueil : il faut porter un nouveau trouble dans son âme, y éveiller encore plus vivement le doute qui le fera trembler... Et quand vous vous présenterez chez lui, Jean, vous ne porterez plus votre nom... mais le mien!

Jean fut secoué d'un long frisson; mais il ne répondit pas.

— Je suis seul, sans famille, vieux, continuait Brettecourt. Mon nom va s'éteindre avec moi. Vous êtes gentilhomme,

Jean. Vous ne pourrez jamais porter le nom auquel vous avez droit... C'est par ma faute que vous l'avez perdu, je vous donne le mien !

— Quitter le nom de ma mère ! murmura Jean avec l'accent le plus douloureux.

— Je le veux ! prononça Marie fermement.

Jean se cacha quelques secondes le visage dans les mains ; puis, il s'agenouilla devant Brettecourt et dit :

— Dieu, qui me voit, sait que je n'obéis à aucun sentiment d'intérêt personnel et que, si je déserte un devoir, c'est pour en accomplir un plus grand encore. J'accepte votre nom, mon général, et je vous jure, par tout ce que j'ai de plus sacré en ce monde, que je ferai tous mes efforts pour ne pas démériter de ceux qui l'ont porté jusqu'à ce jour.

Brettecourt étendit ses mains sur Jean Renaud pour le bénir ; et, levant les yeux vers le ciel, il dit :

— O vous tous, qui m'avez transmis tant d'honneur et de gloire, mes chers aïeux que j'ai révérés depuis mon enfance, ma mère, mon père, qui certainement m'écoutez en ce moment, acceptez cet enfant pour un des vôtres, pour votre successeur ! Aucun de nous n'aura mieux porté le nom de Brettecourt...

Puis il releva Jean ; et celui-ci, le visage tout en larmes, balbutia :

— Mon père, mon père... embrassez-moi !

IV

LE VICOMTE DE BRETTECOURT

Ce soir-là, vers minuit, le marquis de Villepreux était assis ou plutôt étendu sur un fauteuil, devant son secrétaire ouvert, les yeux vagues, le visage blême ; et, de temps en temps, des frissons le secouaient. Un calme absolu régnait dans l'hôtel.

Il avait passé toute sa soirée, seul, réfléchissant.

Par moments, il prenait un chiffon de papier, surchargé de ratures, au milieu desquelles il relisait le brouillon de la lettre qu'il avait dû écrire à l'Américain :

« Mon cher monsieur Dickson,

« Une indisposition subite nous privera du plaisir de nous rendre aujourd'hui chez vous. Ce n'est que demain que nous pourrons présenter nos respectueux et bien affectueux hommages à madame Dickson et à mademoiselle Edith.

« Très cordialement vôtre,

« Marquis DE VILLEPREUX. »

Et, quand il l'avait relu, il se rassurait :

— C'est correct, se disait-il; ça explique parfaitement notre retard, et ça ne dit rien. Il faudrait que M. Dickson soit un fameux malin pour deviner, pour soupçonner même qu'il y a là-dessous autre chose qu'une indisposition... Je gagne un jour; et demain nous verrons si Frédéric osera encore résister à son père !

En réalité Frédéric ne lui avait aucunement résisté; et il n'avait dit que la vérité, en répondant au marquis, qui lui rappelait son engagement du matin et lui enjoignait de le suivre chez les Dickson :

— Demain, mon père, demain je vous obéirai; mais aujourd'hui, vous devez bien voir que je n'aurais pas l'énergie nécessaire... Je vous en supplie : demain seulement !

Puis, Frédéric s'était enfermé dans sa chambre, refusant toute consolation, voulant être seul avec lui-même. Et aussitôt seul, il s'était jeté sur son lit, plus accablé que par les journées les plus écrasantes du Tonkin; et il dormait lourdement.

Honoré n'avait pas daigné paraître au repas du soir; mais Guépin l'avait renseigné : pas une parole n'y avait été échangée entre les dames de Villepreux.

— Monsieur, avait dit le domestique, madame votre mère m'épouvante.

— Bon, bon, avait répliqué le marquis, ne vous effrayez pas sottement. Allez vous coucher, et reposez vous bien de corps et d'esprit, pour le cas où j'aurais besoin demain de vos services.

Le lendemain surprit Honoré étendu sur le même fauteuil:

il avait fini par s'y endormir d'un sommeil mauvais, entrecoupé de rêves. Et quand il s'éveilla, pendant de longs moments toutes ses pensées furent accaparées par une vision obsédante, celle de ce frère si bon, si tendre, si confiant, et qu'il avait si indignement trahi. Et alors le doute le reprit. Il oubliait presque les Dickson, pour songer à Marie Renaud.

Il se rappelait et méditait les moindres incidents de la journée de la veille : d'abord, tout ce qui s'était passé devant lui lorsqu'il avait interrompu la visite de Marie Renaud, puis la scène qui l'avait suivie, l'explosion indignée de sa mère...

— Ma mère m'a bien raconté une histoire, fort habilement fabriquée, pour expliquer la situation de Marie Renaud; mais cette histoire... qui l'a inventée?... Est-ce Marie Renaud qui trompe tout le monde? Est-elle de connivence avec Brettecourt?... Et ma mère, est-elle dupe ou complice?... Une commerçante n'abandonne pas si aisément des millions durement gagnés pour faciliter l'amourette d'un fils... Ma mère ne s'illusionne-t-elle pas en croyant que Marie veut me sauver?... Si cela était, pourtant? Si je pouvais me maintenir, tout simplement par le mariage d'Henriette et de ce sergent?...

Et il souriait ironiquement.

— Ce serait vraiment fort drôle! Mais il faudrait connaître les conditions; nous examinerons cela, si monsieur mon fils manque à sa parole... Je ne pouvais prévoir une telle manie de dévouement à mon égard!

Cette rage de le sauver redonnait de l'assurance à Honoré.

— Evidemment, si Marie savait qui je suis, si dans le marquis de Villepreux elle avait reconnu le frère de Jean Berthier, elle ne pourrait songer qu'à se venger, à revendiquer pour elle et pour son fils, non pas la simple sympathie dont les honorent les dames de Villepreux, mais leur amour... Et si ma mère apprenait la vérité?... Brr!...

A cette pensée, tout son sang se glaçait dans ses veines; mais il essayait de blaguer.

— Je crois bien que ça serait fini, nous deux!

Il n'avait peur de rien, en ce monde, que de cette mère, dont, malgré son cynisme, il admirait le caractère, l'énergie. Et presque machinalement, sans qu'une idée réelle de repentir germât dans son esprit, il faisait un retour sur lui-même, avec un effroyable égoïsme.

— J'ai été un sot, toute ma vie. Je n'ai songé qu'à moi et ai méprisé tous les autres. Les véritables égoïstes, ceux qui savent bien mener leur barque, sont ceux qui admettent les intérêts des autres en parallèle avec les leurs. J'aurais pu introduire cette Marie Renaud et son fils dans ma famille ; ils m'en auraient eu une reconnaissance infinie. J'aurais pu ne pas délaisser ma femme ; j'aurais pu ne pas me ruiner bêtement : c'est le jeu qui m'a tout pris, cette passion stupide. Avec mes capitaux, j'aurais toujours mené une existence superbe, j'aurais donné à ma famille le simulacre de la bonté et de l'amour ; et j'aurais été libre de mener au dehors la plus agréable des existences : chevaux, maîtresses... Il ne m'aurait fallu, pour cela, qu'un peu de sagesse et un peu moins de méchanceté, avec un égoïsme plus intelligent. Et je n'en serais pas réduit aujourd'hui, pour sortir de l'abîme, à accepter... ou bien les conditions d'un aventurier d'Amérique... ou bien celles d'une femme que j'ai cruellement trompée...

Il ne regrettait rien de ce qu'il avait fait, qu'à son point de vue personnel. Et ce qu'il voulait avant tout, c'était ne pas sombrer, ne pas perdre sa situation parisienne, sa vie élégante. Il était bien décidé à la mener plus prudemment, à ne plus commettre de grosses folies. Mais l'abandonner, jamais! Jamais même, l'idée de mourir, pour sortir de cette impasse, ne lui était venue. Est-ce qu'on se tue quand on s'aime par-dessus tout?

Il était encore absorbé dans ses réflexions lorsque Guépin pénétra tout effaré dans sa chambre et dit en tremblant :

— Monsieur... monsieur... il est là !...

— Qui ?

— Le sergent Renaud.

— Diable !

Guépin ajouta, blême de terreur :

— Et... et il m'a remis cette carte.

Honoré prit la carte ; et lui aussi fut saisi d'un frisson quand il eut lu :

Vicomte DE BRETTECOURT.

— C'est plus grave que je ne pensais, murmura-t-il.

Et il demeura, quelques minutes, comme écrasé. Mais il était brave : il domina son trouble.

— Il faut voir le danger en face, dit-il. Priez le vicomte de Brettecourt d'attendre, et introduisez-le quand je sonnerai.

Honoré fit lentement sa toilette, se lava plusieurs fois la tête avec de l'eau vinaigrée. Peu à peu, il se remettait. Et, lorsqu'il se sentit bien calme, il sonna. Mais son calme faillit l'abandonner, dès qu'il vit le fils de Marie Renaud.

Jean n'était plus le jeune homme doux et timide, que la pensée de se trouver en face du père d'Henriette suffisait à troubler. Il portait haut la tête ; son regard était assuré ; et son visage avait une expression d'énergie, d'autorité telle, que Guépin, en le voyant, s'était demandé si c'était bien le même individu qu'une simple lettre de son maître avait suffi, quelques semaines auparavant, à bouleverser.

Jean n'était plus le même homme en effet. Il venait, fort de ses droits et du pardon si généreusement accordé en secret, accomplir son devoir, imposer, s'il le fallait, ses volontés au marquis. Il était si maître de lui qu'il avait dissimulé, même aux yeux inquisiteurs de Guépin, la profonde émotion qui l'agitait. Cette émotion n'était du reste pas causée par ce qu'il allait faire, mais par une unique pensée : *il était dans la maison de son père*. La vaste cour qu'il avait traversée, les grands salons fermés devant lesquels il était passé, le majestueux escalier qu'il avait gravi lentement, toute cette demeure historique lui parlait de son père. Et, tandis qu'il attendait d'être reçu, il avait momentanément oublié ce qu'il venait faire, pour se dire :

« Ici, mon père a joué enfant, ici mon père a été heureux, aimé de tous parce qu'il était bon. C'est ici qu'il aurait conduit ma mère, si la mort ne l'avait si malheureusement frappé. C'est d'ici qu'il partait pour aller la voir, ici qu'il revenait le cœur plein d'elle... »

Son calme ne diminua un peu que lorsqu'il se trouva dans le petit salon qui communiquait avec la chambre d'Honoré. Brettecourt, en lui racontant la mort de son ami, lui avait expliqué la disposition des lieux. Il savait que, derrière cette porte, était la chambre de son père, que c'était là qu'il était mort sans avoir pu révéler son secret, ou du moins sans avoir pu le révéler à des amis fidèles.

Et il eut presque un mouvement de répulsion en saluant Honoré. Celui-ci était lui-même trop troublé pour s'en apercevoir. Ils s'assirent, après s'être salués par de simples inclinaisons de tête. Et d'abord, il y eut un assez long silence.

— Monsieur, dit enfin Jean, avec un calme qui imposa

encore à Honoré, vous m'avez écrit, il y a quelques semaines, une lettre par laquelle vous me demandiez des renseignements sur ma famille ; je viens vous les apporter.

Honoré dut rassembler toute son énergie pour répondre ces seuls mots :

— Je vous écoute, monsieur.

Jean réfléchit une minute, puis reprit, toujours très calme :

— Je vous prie de m'excuser sur le retard que j'ai mis à le faire ; mais, à ce moment, j'ignorais ma situation. Et, quand j'ai demandé quelques explications à ma mère, elle a été si profondément bouleversée que, pendant quelques jours, nous avons craint pour sa vie...

— Nous avons pris le plus grand intérêt à sa santé, s'empressa de dire Honoré.

Jean lui jeta un regard irrité, mais reprit aussitôt son calme, son allure autoritaire.

— Je n'insisterai pas sur la maladie de ma mère ; j'ajouterai simplement que j'avais résolu de m'oublier moi-même jusqu'à son rétablissement complet. — Vous m'avez demandé, monsieur, quel était mon père? Ma réponse est fort triste : je n'en ai pas...

En faisant cet aveu, Jean leva les yeux au ciel. Honoré le regardait en dessous et tremblait.

— Ma mère, continua Jean, a été aimée par un officier, qui est mort sans avoir eu le temps de l'épouser... ni de reconnaître son enfant. Cet officier était un ami de M. de Brettecourt, qui le vit tomber dans une attaque en Kabylie...

Honoré se rassurait un peu. Jean lui répétait exactement la même histoire que sa mère et ne prononçait pas un mot qui pût lui faire croire qu'il connaissait la vérité.

— Je n'avais donc pas d'autre famille que ma mère et mon arrière-grand'mère. Vous savez comment M. de Brettecourt est devenu mon ami, un ami que je respectais comme s'il eût été mon père. Lui n'a pas de famille ; il est absolument seul sur la terre... Il m'aime avec une tendresse infinie... Sachant que j'adorais votre fille, Mlle Henriette, que j'étais aimé d'elle, et que vous me refuseriez sa main uniquement parce que je n'étais pas gentilhomme, il a résolu de briser le seul obstacle qui pût empêcher mon bonheur...

A mesure qu'il approchait du but suprême de cet entretien,

Jean parlait avec une énergie, une volonté qui écrasaient Honoré : il semblait ordonner.

— Gentilhomme !... Je le suis, monsieur. Le nom de mon vrai père est aussi grand que le vôtre : je vous en parle, en ce moment, pour la première et la dernière fois de ma vie. Vous devinerez, je pense, les motifs qui m'empêchent de vous le révéler : je ne veux par porter le trouble dans *sa famille*. Je renonce à des revendications qui ne sauraient aboutir qu'à un scandale... D'ailleurs, je n'ai rien à regretter ; je porte désormais un nom aussi grand, aussi illustre... Par un acte notarié, passé chez Mᵉ Florimont, le comte de Brettecourt m'a reconnu pour son fils... C'est donc le vicomte de Brettecourt qui a l'honneur de vous demander la main de Mˡˡᵉ de Villepreux.

Le doute avait repris Honoré : que devait-il croire au milieu de cette déclaration ?... Brettecourt, qui en avait préparé les termes avec Jean et avec sa mère, avait bien prévu le trouble qu'elle porterait dans l'esprit du marquis. Et cela, venant s'ajouter à ses angoisses de la veille et de la matinée, achevait de le mettre dans un état d'infériorité absolue vis-à-vis de Jean. Un tel entretien, malgré sa courtoisie, ressemblait à un duel. Et Jean n'avait plus un adversaire devant lui, mais un homme à demi vaincu.

— Vous me surprenez, monsieur, balbutia le marquis ; j'ai besoin de réfléchir...

Jean l'arrêta un peu brusquement :

— Pardon, monsieur, je veux une réponse immédiate ; et vous allez me la donner, conforme à mes désirs, je n'en doute pas, quand vous m'aurez entendu plus longuement.

Honoré baissa la tête, comme s'il avait vu son frère se dresser devant lui et lui donner des ordres.

— Je pourrais vous dire, continua Jean, que rien ne saurait empêcher notre mariage de s'accomplir, que votre mauvaise volonté ne pourrait que le retarder ; mais je veux que vous y consentiez de vous-même. Et m'imaginant que vous y avez déjà consenti, j'agis comme si je faisais partie de votre famille, comme si j'étais, non pas votre fils... — l'antipathie que vous éprouvez contre moi est trop grande pour que vous me donniez jamais un tel nom — mais votre gendre, un gendre respectueux... et aussi jaloux de l'honneur des Villepreux que vous pourriez l'être vous-même ! L'honneur des Villepreux est en danger, je viens le sauver.

— Mais, monsieur...

— Je vous en prie, ne m'interrompez pas. Me considérant comme un des vôtres, j'ai le droit de sauvegarder votre nom, même d'une mésalliance. Et celle que vous avez préparée pour votre fils, pour mon cher ami Frédéric, pour mon frère, ne s'accomplira pas. Je sais que vous n'en êtes venu là que poussé par une situation cruelle, situation que je connais dans tous ses détails, mais que je ne me permets pas de juger... Le service que vous attendez d'étrangers, doublement étrangers, et à votre patrie et à votre famille, c'est moi qui vous le rendrai... Vous pouvez donc briser avec ces Dickson...

— C'est à moi de vous arrêter, dit Honoré se révoltant un peu. Si ce qui se passe aujourd'hui s'était passé il y a quelques jours, j'aurais pu hésiter, j'aurais pu mettre en balance vos propositions et celles qui m'ont été faites d'un autre côté. Aujourd'hui, il est trop tard... Mon fils aime Mlle Dickson...

— Ah! ne mentons pas, monsieur! s'écria Jean avec un emportement soudain : l'heure est trop solennelle pour que nous perdions notre temps à nous tromper! Vous savez aussi bien que moi que Frédéric ne consent à épouser cette étrangère que la mort dans l'âme, qu'il se sacrifie avec une générosité au-dessus de tout éloge, et que ce sera une véritable délivrance pour lui que de reprendre sa liberté...

— Il m'a engagé sa parole, et je l'ai engagée en son nom à la famille Dickson...

— Un engagement qui n'est pas librement consenti n'a pas de valeur...

— Un engagement d'honneur, monsieur?... Vous me parlez de l'honneur des Villepreux, et vous voulez qu'un Villepreux manque à sa parole?...

— L'honneur n'a rien à faire dans une semblable question : il ne s'agit, en somme, que d'un engagement commercial, pris vis-à-vis d'un commerçant. Et, dans le commerce, l'honneur consiste avant tout à faire face à ses échéances. Ce mariage n'est qu'un marché : M. Dickson, par l'entremise d'un certain Baradoux, qui s'intitule banquier, vous a fait dire ceci : « Vous avez besoin de deux millions; je vous les offre... Mais il me faut un bénéfice, un courtage; ce courtage ce sera votre nom, qui nettoiera mon argent. Que votre fils épouse ma fille, et l'affaire est faite. » Vous n'avez qu'à répondre à cet estimable commerçant que vous n'avez pas besoin de son argent. S'il veut une indemnité, on la lui paiera... Il y a d'ailleurs une clause, dans le marché qu'il vous a proposé, qui le rend impossible : il veut que cet hôtel devienne la propriété de son futur gendre, c'est-à-dire de sa fille; cette clause ne sera jamais exécutée : je vous affirme que Mlle Dickson ne franchira jamais la demeure des Villepreux!

Honoré fit un dernier effort pour se défendre; et essayant d'être ironique :

— Vous espérez sans doute que cette demeure vous sera donnée en garantie des sommes que vous me proposez de m'avancer?

Jean répliqua vivement :

— Je vous en prie, monsieur, n'agitez pas les questions d'intérêt; s'il y en a à régler, elles le seront très amicalement, très fraternellement, entre votre fils et moi.

Honoré demeura silencieux; il n'osait plus résister. Jean se leva et dit :

— Tout est donc bien entendu. De fâcheuses négociations avaient été entamées par vous, par vous seul; c'est à vous de les rompre. Et ensuite, il n'existera plus, dans votre famille, que le bonheur et l'union. Personne ne vous adressera jamais le moindre reproche sur ce qui s'est passé... Tout sera oublié... Vous n'aurez même pas à vous occuper du règlement de vos affaires; il sera fait par moi. — Refusez-vous encore?

Ces dernières phrases avaient achevé de convaincre Honoré. Jean lui promettait le bonheur et l'union; et le marquis éprouvait une terrible lassitude de sa vie. Il ne songeait nullement à reconquérir l'affection de sa mère et de sa femme; mais il avait besoin de paix, de tranquillité. Et, toutes les passions, toutes les colères apaisées, il entrevoyait une existence facile, heureuse, sans soucis : ses enfants, malgré tout, le respecteraient toujours. — En serait-il de même s'il s'obstinait à imposer à Frédéric une union si hautement désapprouvée par tous les siens? Jean le sauvait sans que personne pût l'humillier. Et son orgueil avait eu cruellement à souffrir de la vanité de Dickson, du dédain de Baradoux!... Pouvait-il s'inquiéter encore à la pensée de Marie Renaud? Si elle ne l'avait pas reconnu déjà, elle ne le reconnaîtrait jamais; et, si elle l'avait reconnu, ne lui pardonnait-elle pas avec une générosité qui le délivrait de toute angoisse pour l'avenir? Enfin son amour-propre n'était-il pas sauvé, même aux yeux des siens, puisque Jean portait désormais un des plus beaux noms de France?

— Monsieur de Brettecourt, dit-il à Jean en lui tendant la main, je vous donne ma parole de faire tout ce qui dépendra de moi pour que vos désirs s'accomplissent. Ce soir, vous saurez si j'ai réussi; je ne puis vous promettre davantage avant d'avoir fait les démarches nécessaires... Je verrai aujourd'hui la famille Dickson; et si une rupture est encore possible, elle se fera.

— Voulez-vous me le jurer sur la mémoire de votre frère, Jean de Villepreux?

Honoré blêmit; mais il prononça très sincèrement :

— Je vous le jure!

Le marquis reconduisit Jean jusqu'au seuil de l'hôtel. Ils n'échangèrent plus une parole. Puis Honoré remonta lourdement dans sa chambre et sonna Guépin.

Mais Guépin ne vint pas. Le domestique avait quitté l'hôtel à peu près en même temps que le vicomte de Brettecourt : il avait jugé qu'il ne devait pas attendre la nuit pour aller faire son rapport à Baradoux.

Il arriva chez le digne banquier au moment où celui-ci commençait béatement un déjeuner de gourmet. Furieux d'être dérangé, Baradoux le reçut très mal.

— Oh! fit Guépin, si monsieur préfère que je revienne ce soir, je reviendrai ce soir; mais alors le mal sera fait.

— Le mal?... Que voulez-vous dire?

— Que le mariage si bien préparé par vous sera rompu avant deux heures, si vous ne prenez vos précautions!

Et le fidèle serviteur raconta ce qui venait de se passer entre Jean Renaud et le marquis. Baradoux écumait de rage. Quand Guépin eut terminé son récit, il commença par le traiter d'imbécile.

— Je vous avais pourtant recommandé, lui cria-t-il, de surveiller ce qui se passait rue du Sentier! Nous voilà dans de jolis draps, avec de pareils gaillards à nos trousses!

Et, tout en criant, il avalait les bouchées doubles.

— Une affaire si bien menée!... Et on échouerait au moment de toucher au but?... Non, non, monsieur le marquis! Pas de trahison!... Vous avez compté sans nous!...

Vers une heure, Baradoux se présentait à l'hôtel de l'avenue du Bois-de-Boulogne; il s'était fait accompagner de Guépin.

M. Dickson fumait son cigare en homme heureux; il ne se doutait de rien. La lettre d'Honoré lui avait semblé fort naturelle, et il s'attendait à voir bientôt arriver le marquis et

— Gentilhomme !... Je le suis, monsieur. (Page 44.)

son fils. Edith et sa mère étaient déjà plongées dans des combinaisons de trousseau.

Baradoux ne pénétra pas au salon; il fit demander l'Américain et lui dit :

— J'ai à vous parler en secret.

Dickson les conduisit dans son cabinet. Baradoux lui raconta alors ce qui se passait, sans ménagement, faisant répéter les paroles textuelles du marquis et de Jean Renaud par Guépin. L'Américain écouta, sans donner la moindre marque d'émotion; puis il dit très froidement :

— M. le marquis de Villepreux peut venir... J'ai de quoi le recevoir de pied ferme.

V

UNE ENTREVUE DIFFICILE

— Je vois que je suis tombé dans un coupe-gorge. C'est bien. (Page 52.)

Après le départ de Jean Renaud, le marquis de Villepreux avait éprouvé une impression de tranquillité, de soulagement, qu'il n'avait pas ressentie depuis bien des années. Il lui semblait qu'il était déjà débarrassé des Baradoux, des Dickson, des hommes d'affaires, de ce monde interlope, où il avait glissé peu à peu, et où il avait souffert si cruellement de promiscuités déshonorantes. Quelques jours auparavant, il n'aurait même pas voulu réfléchir à ces choses-là : il s'y était habitué et les considérait comme les nécessités de la vie moderne. Mais, depuis qu'il avait entrevu la possibilité de se délivrer de toutes ces hontes par un moyen honorable, il respirait. Il passa près d'une heure à méditer, échafaudant un joli plan afin de se donner des airs de père indulgent, qui veut bien renoncer à ses projets pour consentir au bonheur de ses enfants, préparant un beau coup de théâtre, une scène très solennelle où il annoncerait sa générosité.

Et il résolut, pour donner plus d'imprévu à son coup de théâtre, de ne pas se montrer à sa famille avant que tout fût réglé, et il sortit très doucement de l'hôtel. Il déjeuna à son cercle, où tout le monde remarqua sa belle humeur. Et, après avoir savouré un cigare avec une quiétude d'esprit qui l'avait abandonné depuis longtemps, il se rendit chez Baradoux.

Baradoux avait naturellement prévu la visite d'Honoré. Il commença par lui faire répondre, par son domestique, qu'il était très occupé et qu'il n'aurait sans doute pas le temps de recevoir le marquis dans la journée. Honoré n'était pas d'humeur à admettre une telle impertinence.

— Dites à M. Baradoux que j'ai besoin de le voir immédiatement, et que je n'ai pas le temps d'attendre.

Cependant, Baradoux ne donna l'ordre d'introduire le marquis dans son cabinet qu'au bout d'une demi-heure, et ce fut d'un ton très dégagé qu'il lui dit :

— Vous m'excuserez, cher monsieur; mais je suis absorbé par une affaire très importante...

Honoré, déjà exaspéré par l'impertinence de cet homme d'affaires, qui se permettait de « le faire poser », le fut encore bien davantage par son allure insolente.

— Mes moments sont tout aussi précieux que les vôtres, monsieur Baradoux, répondit-il; je vous ai chargé d'une affaire, d'une affaire très pressée, et mes affaires valent bien celles des autres.

— Je vous écoute, dit Baradoux, sans sourciller.

— Mais c'est à moi de vous écouter, monsieur! Où en est la négociation dont je vous ai chargé? Je vous ai prié de vous entendre avec mes créanciers...

— Ah! oui, vos créanciers!... fit Baradoux avec une sorte d'embarras. Oui, je les ai vus... Ç'a été dur, monsieur le marquis, très dur! Vous n'avez pas montré beaucoup d'égards pour eux, quand vous les avez rencontrés ici. Il y en a eu qui montraient les dents!

— On n'a pas besoin de montrer d'égards pour des gens qu'on paie!

— C'est un principe un peu orgueilleux, monsieur le marquis, surtout quand on ne paie pas tout de suite ; et parmi eux, il y en a que vous faites attendre depuis bien des années : un d'eux surtout était enragé et ne voulait plus me rendre sa créance...

Honoré pâlit un peu.

— Mais il l'a rendue?

— Rassurez-vous, monsieur le marquis : vous m'aviez confié vos intérêts... vous avez fait cela, même, — soit dit entre parenthèses, — *un jour où vous étiez un peu moins* agité, un peu moins exigeant qu'en ce moment... Et je ne trahis jamais les intérêts qui me sont confiés. Toutes vos créances sont en *notre* pouvoir...

Baradoux insista, avec une ironie presque imperceptible, sur le mot : notre.

— Mais, je vous le répète, il y avait un animal, assez riche d'ailleurs, et qui s'était mis tout à coup dans la tête, non plus de se faire rembourser, mais de vous traîner en police correctionnelle...

— Monsieur!...

— Pardonnez-moi; mais, en affaires, j'ai pris l'habitude de toujours appeler les choses par leur nom. Enfin, j'en ai été quitte en payant cette créance le double de sa valeur. Et tout s'est terminé pour le mieux.

— Alors, vous allez me remettre toutes ces créances?

Honoré avait dit cela d'un ton fort naturel, et ce fut d'un ton non moins naturel que Baradoux répondit :

— Mais vous devez bien supposer qu'elles ne sont plus en mon pouvoir?

Le marquis eut un léger tressaillement : il s'était imaginé que les valeurs n'avaient pas quitté le bureau du banquier, et qu'il n'aurait qu'à les rembourser lui-même, avec l'argent de Jean Renaud, pour les reprendre et reprendre en même temps sa liberté. Ensuite, la rupture du mariage n'était plus qu'une affaire d'habileté.

— Ces valeurs ne sont plus ici? interrogea-t-il sans déguiser son anxiété.

— Vraiment, monsieur le marquis, vous qui avez toujours eu une intelligence si remarquable des affaires, vous m'étonnez!... Vous savez *bien*, *pourtant*, qu'en tout ceci, je n'ai été qu'un simple intermédiaire entre vous, vos créanciers... et votre bailleur de fonds...

— Ainsi... ces valeurs?

— Sont entre les mains de M. Dickson, qui vous les remettra évidemment, lorsque le contrat de mariage entre Mlle Dickson et le comte de Villepreux aura été signé.

Honoré ne put cacher son embarras.

— C'est que, dit-il, il y a, à ce mariage, de tels empêchements !...

— Que me dites-vous là, monsieur le marquis? Une affaire toute réglée !... Des paroles engagées !..

— Enfin !... Je ne pouvais supposer que vous vous seriez dessaisi de ces valeurs, sans mon autorisation... Vous avez outrepassé votre mission, monsieur Baradoux : il me faut ces valeurs aujourd'hui même; veuillez aller les reprendre à M. Dickson, et apportez-les-moi : elles vous seront aujourd'hui même intégralement remboursées par moi...

— Mais, monsieur le marquis, vous me tenez aujourd'hui un langage tout différent de celui que vous me teniez hier... Il m'est impossible d'aller reprendre ces valeurs! M. Dickson n'est pas un homme commode; je ne tiens nullement à m'exposer à sa colère... Et vous comprendrez aisément que ce changement ne soit pas fait pour lui plaire... Lui qui avait assuré le bonheur de sa fille au prix de si grands sacrifices !...

— Ai-je besoin de vous dire, monsieur, que vous ne perdrez pas les bénéfices que vous auriez réalisés sur cette affaire?...

— Plus un mot, monsieur le marquis, je vous en prie! M. Dickson et vous m'avez choisi, d'un commun accord, pour une négociation dont tous les points avaient été convenus d'avance; j'ai fait mon devoir... Aujourd'hui, vous changez d'idée, cela ne me regarde plus ; je me désintéresse absolument de la question. Chargez un autre intermédiaire de faire entendre raison à M. Dickson... Ou plutôt, chargez-vous vous-même de vos intérêts ! Allez donc le voir tout franchement ! Si vous calmez le premier éclat de sa colère — éclat qui sera violent, je vous en préviens — peut-être obtiendrez-vous ce que je ne me chargerais certes pas de lui demander ?

Et Baradoux se levait pour congédier le marquis. Celui-ci dit rageusement :

— Je vois que je suis tombé dans un coupe-gorge. C'est bien. Les coquins ne m'ont jamais fait peur.

Et il partit, écumant.

Et il était dans un état de rage froide lorsqu'il arriva chez l'Américain. Il entrait à peine dans le vestibule que le valet de chambre de Dickson lui dit :

— Monsieur a donné l'ordre de faire monter immédiatement monsieur le marquis dans son cabinet. Ces dames sont sorties.

Dickson seul et l'attendant dans son cabinet, cela confirmait les soupçons d'Honoré : on savait ce qu'il venait faire et on se préparait évidemment à lutter. C'était un coup monté entre Baradoux et l'Américain.

Mais les soupçons d'Honoré disparurent momentanément quand il vit Dickson. L'Américain qui, suivant son habitude, fumait, étendu sur les coussins de son divan, bondit joyeusement.

— Ah! vous voici, mon cher!

Et il lui tendait très cordialement la main. Et Honoré se disait qu'il n'avait plus qu'à raconter sa petite histoire en douceur.

— Ces dames sont donc sorties? interrogea-t-il.

— Ah! mon cher, votre Paris est une ville effrayante. A New-York, ma fille n'avait pas pour un dollar de coquetterie; mais, maintenant que la voilà devenue Parisienne, c'est abominable... Tant pis pour votre fils!... Nous pourvoirons d'ailleurs à la dépense. Et ma femme est comme elle : elles brûlaient d'aller courir les magasins; depuis ce matin, je n'entends que des combinaisons de toilettes, de trousseaux... Ce trousseau va me coûter le revenu d'une ligne de chemin de fer...

— Diable! diable! mon cher Dickson, vous auriez été un père prudent de modérer un peu cette agitation... et... d'attendre que nous nous soyons entretenus... des... des difficultés...

— Quelles difficultés?

— Mais que présente ce mariage!

— Broum, broum! fit l'Américain, je ne comprends pas, monsieur de Villepreux. Ne m'avez-vous pas officiellement demandé la main de ma fille pour votre fils?

— Parfaitement ; mais...

— Et je vous l'ai accordée; et, ces jeunes gens s'aimant, je ne vois pas quelles difficultés...

— C'est que nous ne sommes pas en Amérique, où les jeunes gens choisissent très librement leur femme ; nous sommes en France, où il suffit de l'opposition d'un des parents pour rendre un mariage à peu près impossible au point de vue légal et, dans une famille telle que la nôtre, au point de vue moral.

Au moment où je croyais toutes les difficultés aplanies, où je m'imaginais qu'il n'y avait plus qu'à publier les bans... voilà que ma femme se met en travers de tous nos projets, malgré les supplications de mon fils...

— Vous ne me ferez pas croire, mon cher, que vous ne puissiez mettre une femme à la raison !

— Sans doute, mais avec le temps, beaucoup de temps, d'autant plus que ma mère soutient ma femme; et c'est ma mère qui est propriétaire de notre hôtel, dont la cession à mon fils fait partie de nos conventions... Vous ne voudriez pas que votre fille, en admettant que, par des actes respectueux, nous forcions ma femme à s'incliner, ne fût reçue ni par sa belle-mère ni par la grand'mère de son mari?

— Tout cela, mon cher monsieur de Villepreux, déclara très froidement Dickson... c'est des phrases inutiles. Je ne sais et ne veux savoir qu'une chose : c'est que vous m'avez engagé votre parole et celle de votre fils et que le mariage s'accomplira dans le plus bref délai... Et, s'il ne s'accomplissait pas, pardonnez-moi de vous annoncer, bien nettement, que... vous seriez perdu !

— Je ne comprends pas, prononça à son tour Honoré très dédaigneux.

— Ignoreriez-vous donc, monsieur, que c'est moi qui ai arrosé hier vos créanciers?...

— Ah ! c'est de cela que vous voulez parler? fit Honoré, de plus en plus dédaigneux. En effet, Baradoux vient de me dire qu'il avait eu besoin de vos capitaux; mais cela regarde Baradoux et non pas moi. Momentanément gêné pour ces payements, je l'avais prié de s'en occuper; je le croyais assez solide pour y faire face sans le secours de capitaux étrangers. Il s'est adressé à vous, c'est affaire entre vous et lui; je vous prie donc de lui rendre les titres, les valeurs que vous avez eu tort de lui enlever : ils n'auraient pas dû quitter sa caisse, d'où je comptais les retirer aujourd'hui... Si vous préférez les faire présenter chez moi, je vous rembourserai aujourd'hui... demain au plus tard. Aucune question d'argent n'existera donc plus entre nous.

— Fort bien joué, monsieur le marquis, fort bien joué ! répliqua Dickson en riant. Vous êtes vraiment un adversaire digne de moi, et je regrette de tout cœur les dissentiments qui surgissent entre nous; mais je ne doute pas qu'ils ne soient que passagers, car il y a un défaut à votre combinaison : vos titres et vos valeurs sont chez moi et n'en bougeront pas.

— Je vous les ferai donc réclamer par ministère d'huissier...

— Pas plus à un huissier qu'à vous, je ne les remettrai. C'est que ce n'est pas des papiers ordinaires que les vôtres : depuis que je les ai en mon pouvoir, j'ai eu le temps de les bien examiner. Peste, vous aviez une façon à vous de mener les affaires!... Savez-vous que si je remettais ces papiers à M. le procureur de la République, il aurait l'indiscrétion de faire une enquête, qui aboutirait, n'en doutez pas, à une accusation d'escroquerie? Oh! je ne vous blâme pas ; vous étiez très fort, vous n'avez eu que le tort de ne pas réussir. Mais enfin, vous avez frisé la police *correctionnelle*; et il ne dépend que de moi de vous y envoyer. Quand vous aurez dit cela à votre femme et à votre mère, je crois que toutes les difficultés s'évanouiront... Et je vous déclare que j'oublierai de bon cœur votre démarche actuelle. Vous voyez que je suis encore de bonne composition!

Cette fois, Honoré ne trouva rien à répondre. L'Américain le tenait; le danger auquel il avait cru échapper n'avait fait que grandir.

Il jeta un regard effaré à Dickson et, sans prononcer une parole, se dirigea vers la porte.

— D'ailleurs, ajouta l'Américain, en regardant sa montre, il est trois heures... C'est le jour de la baronne de Vauchelles... Il y a toujours beaucoup de visites chez elle... Et certainement, ma femme doit être en train, en ce moment même, de lui annoncer la bonne nouvelle.

VI

CHEZ LA BARONNE DE VAUCHELLES

Le marquis avait cru surprendre ses adversaires, et il avait trouvé ses adversaires sur la défensive, prêts à le repousser sur tous les points. Et il s'en allait, anéanti, ne songeant plus à résister, définitivement battu par ce Yankee qui avait des finesses de renard parisien.

Quant à Dickson, il était remonté dans son cabinet, et s'était de nouveau étendu sur ses coussins et allumait béatement un *nouveau cigare.*

— C'est très amusant, la vie parisienne, murmurait-il, très amusant. Et, pourvu que *ma femme* ait bien manœuvré de son côté...

Car mistress Dickson avait son rôle, inconscient du reste, dans les dernières machinations, sous lesquelles devait succomber le marquis de Villepreux.

— Il faut forcer la main à la famille, avait conseillé Baradoux; et, pour cela, il n'y a rien de mieux que d'annoncer le mariage.

Et mistress Dickson avait été appelée dans le cabinet de son mari.

— Ma chère, lui avait dit celui-ci, nous ne verrons M. de Villepreux et son fils que ce soir : vous avez donc tout votre après-midi pour vous occuper du trousseau, des toilettes d'Édith... et des vôtres. Je vous ouvre un crédit illimité ; mais soyez à peu près raisonnables.

— Alors, tout est bien décidé, mon ami ?

— Tout, ma chère.

— Parce que... parce que c'est aujourd'hui le jour de Mme de Vauchelles et... et, si vous ne me désapprouviez pas, je serais si heureuse de lui annoncer !... Elle a toujours été si gracieuse !...

— Mais certainement, chère amie. La baronne s'est toujours montrée charmante pour vous : c'est donc évidemment chez elle que vous devez annoncer le mariage d'Edith.

— M'accompagnerez-vous ?

— Non. J'attends le marquis pour régler avec lui certaines questions d'intérêt.

Il se gardait bien de dire la vérité à sa femme ; elle aurait perdu la tête.

Et mistress Dickson était partie, tout épanouie, et Edith triomphante. Toutes ses ambitions se réalisaient : elle allait épouser le seul homme qu'elle eût désiré dans la foule des élégants qui la courtisaient ; et son père était aussi amoureux, peut-être plus amoureux qu'elle, de Frédéric : le jeune ménage obtiendrait de lui tout ce qu'il *voudrait.* Elle habiterait une demeure admirable, à laquelle elle redonnerait son ancien lustre ; elle porterait un des noms les plus glorieux de l'Armorial... Et, comme, lorsque l'on est heureux, on devient un peu meilleur, elle nourrissait les plus louables intentions à l'égard de sa nouvelle famille : elle se montrerait affectueuse avec sa belle-sœur, très douce avec sa belle-mère, elle aurait l'air de vénérer la douairière. Mais, ce qui la ravissait par-dessus tout, c'était son titre de comtesse. Et, sur une des vitres du coupé elle jeta de la buée avec sa jolie bouche, et, du bout du doigt, dessina une couronne à neuf boules.

— Nous allons d'abord chez la couturière? demanda sa mère.

— Oui, maman.

Au fond, mistress Dickson était bien trop à sa joie pour faire en ce jour des commandes sérieuses. Et si elle était ravie d'aller chez la couturière, c'était simplement pour pouvoir prononcer cette phrase :

— Comment ferez-vous à ma fille sa robe de mariage?

Mademoiselle se mariait donc?... Avec qui?... Ah! qu'il allait être heureux, celui-là ! .. Et il se nommait?...

Quelle orgueilleuse joie de pouvoir prononcer son nom :

— Le comte de Villepreux.

Chez la modiste, la scène recommença : il fallut bien expliquer pourquoi les bouquets de fleurs d'oranger intéressaient si vivement ces dames. Edith choisit un minuscule bouquet, et dit :

— Il faudra le montrer à M. de Villepreux.

Enfin, dans une de ces maisons de lingerie de la rue de la Paix où passe tout le Paris élégant, l'Américaine n'eut qu'à demander des modèles de couronnes de comtesse, pour que la marchande devinât...

Dickson pouvait être tranquille; sa femme avait bien manœuvré. Elle était si fière d'étaler à l'avance le titre de comtesse de sa fille ! L'Américaine aurait eu à peine besoin de se rendre chez la baronne de Vauchelles pour annoncer le mariage.

Déjà la nouvelle courait les salons, les cercles. Les femmes l'apprenaient dans les trois *magasins où mistress Dickson* l'avait dite, elles la répétaient dans leurs visites; les hommes couraient à leur cercle pour être les premiers à l'annoncer.

Et, au moment où la voiture de l'Américaine s'arrêtait devant la porte de Mme de Vauchelles, une des visiteuses disait à la baronne :

— Savez-vous, ma chère, ce que ma modiste vient de m'apprendre?... Un mariage!...

Et tout le monde s'était tu pour écouter.

— Oh! mais un mariage qui va faire un joli « potin » dans Paris!

Le valet de pied annonça en cet instant :

— Madame et mademoiselle Dickson.

L'Américaine avait bien essayé de se donner une allure modeste, Edith baissait les yeux ; mais leur triomphe éclatait sur leur visage.

Mistress Dickson et sa fille auraient sans doute changé, et bien sincèrement, d'attitude, si, au lieu de pénétrer dans le salon de la baronne de Vauchelles, elles étaient entrées dans le cabinet du baron et avaient entendu ce qui s'y disait.

Deux hommes étaient là, le baron et Brettecourt. Brettecourt était arrivé quelques instants auparavant.

Vauchelles l'avait accueilli très aimablement par ces mots :

— Sauvage! Faut-il donc se résigner à ne vous voir que tous les quinze jours?

Brettecourt s'était excusé en rejetant sa sauvagerie sur ses travaux. Puis, il avait dit gentiment :

— Mes amis ne me voient que lorsque j'ai besoin d'eux.

— Brettecourt, je m'inscris en faux contre cela ; mais enfin, si je pouvais vous rendre le moindre service, vous m'en verriez très heureux.

— C'est bien un service que je veux de vous.

— Parlez.

— Il y a quelques semaines, le jour où vous donniez votre grande fête à Marly-le-Roi, je vous demandai, incidemment, ce que c'était que Mme Dickson...

— Et je dus vous répondre que c'était une charmante femme, très riche, affligée d'une belle jeune fille et quelque peu courtisée par le marquis de Villepreux...

— En effet ; mais vous devez, je pense, en savoir davantage sur son compte?

— Pas beaucoup, mon ami, si ce n'est que j'ai fait,

depuis, connaissance avec son mari, qui est un fort aimable homme. Je le rencontre souvent à la salle d'armes de notre cercle, où je l'ai fait inscrire comme membre de passage; il est remarquablement fort à l'épée et tire le pistolet avec une maëstria étonnante... Enfin il a d'excellents cigares...

— Et... c'est tout?

— Non. Je puis vous renseigner sur les faits et gestes de la famille. Le marquis, dit-on, ne faisait la cour à Mme Dickson que dans un motif très honorable; montrant plus de prévoyance pour son fils qu'il n'en a montré pour lui-même, il convoitait les millions de cet Américain. Frédéric, de son côté, a très adroitement fait sa cour... Et je crois, qu'avant longtemps...

— Vous croyez? fit Brettecourt ironiquement; je ne crois pas, moi. Mais là n'est pas la question. Qu'est-ce que c'est enfin que ces Dickson, que vous recevez à bras ouverts? D'où viennent-ils?

— Mais d'Amérique, parbleu!

— Et leur argent?

— Du même endroit, je pense.

— Et, dans quelles sortes d'affaires cet argent a-t-il été gagné?

— Brettecourt, mon ami, vous êtes vraiment bien curieux! Les Parisiens le sont heureusement un peu moins que vous.

Brettecourt eut un joli rire :

— Appelez-moi provincial si vous voulez, dit-il; mais il me semble que, de mon temps, on était un peu plus difficile.

— Le temps a marché, mon cher.

— Oui, oui, je sais! Un vieux soldat comme moi, un vieux général qui a passé sa vie au dehors, n'est plus « dans le train », comme disent vos jolis « pschutteux ». Mais si express, si éclair que soit ce train, vous me permettrez de trouver étonnant que vous ouvriez vos salons à des étrangers, qui ne vous sont recommandés par personne, qui vous arrivent, d'au-delà des mers, couverts d'un or gagné... le diable sait comment!...

— M. Dickson, interrompit Vauchelles, a des mines de pétrole, des lignes entières de chemin de fer...

— Avez-vous vu sortir le pétrole de ses puits?... Avez-vous voyagé sur ses chemins de fer...

Vauchelles éclata de rire.

— Vous êtes donc passé juge d'instruction, Brettecourt?

— Non; mais je veux savoir exactement ce que c'est que vos amis...

— Oh! mes amis!... De simples connaissances! Si vous

— Mais d'Amérique, pardieu! (Page 59.)

voulez que je fasse parler Baradoux qui les connaît à fond ?...

— Baradoux se moquerait de nous : il appartient corps et âme à ces aventuriers!

— Aventuriers!... Vous allez peut-être un peu loin...

— Bah! fit Brettecourt, en haussant les épaules. — Une dernière observation : ces Dickson arrivent, n'est-ce pas, de New-York ?

— Du moins, ils nous l'ont dit.

— Ce sont donc des Américains du Nord? D'ailleurs leur nom l'indique. Or, avez-vous jamais vu, chez eux, d'autres Américains du Nord, par exemple quelque attaché de la légation des États-Unis?

Il avait les yeux hagards, son visage était d'une pâleur verdâtre. (Page 66.)

— Voilà une remarque que j'aurais dû faire, prononça Vauchelles un peu décontenancé. Non, je ne me souviens pas d'avoir vu chez eux un seul membre de la colonie américaine... Et même! Attendez donc un peu...

Vauchelles se passa la main sur le front, comme un homme qui cherche à se rappeler.

— Oui... un jour... c'était au Nouveau Cirque, un samedi: nous étions une bande, et parmi nous se trouvait un secrétaire du ministre des États-Unis à Paris. Mme et Mlle Dickson étaient dans une loge, en face de nous, et naturellement on parlait d'elles...

— Et ce secrétaire vous dit?

— Il ne dit rien; mais je remarquai, sur ses lèvres, un sourire presque imperceptible. Et je supposai qu'il y avait eu quelque fâcherie entre les Dickson et lui.

— Ah! Parisien naïf! s'écria Brettecourt. Je vais vous dire,-moi, ce que pensait ce secrétaire... un honnête homme évidemment?

— Certes oui. Celui-là, je vous en répondrais.

— Eh bien! il se disait que les Parisiens étaient bien sots d'accueillir ainsi des aventurières et de leur donner si facilement leur confiance.

— Bah! il nous aurait prévenus!

— Non, mon ami; et il ne vous aurait pas prévenus, parce que vous ne l'auriez pas cru. Que de fois, à l'étranger, j'ai entendu traiter cette question! Combien de rastaquouères ne recevez-vous pas avec bonheur, que personne ne voudrait même saluer dans leur pays? Enfin, je suis suffisamment édifié pour ce que j'ai encore à faire. — C'est bien le jour de Mme de Vauchelles?

— Oui.

— Et il est probable que cette Amér aine y paraîtra?

— Elle y vient assez régulièrement.

— Voulez-vous me conduire dans le grand salon, d'où l'on aperçoit, si je ne me trompe, le boudoir où reçoit habituellement la baronne?

— Soit, mon ami; mais, en admettant que vos doutes soient justifiés, pas d'éclat, n'est-ce pas?

— Ne craignez rien, Vauchelles. Si l'Afrique m'avait rendu un peu sauvage, j'arrive du Tonkin, où la première de toutes les lois est la politesse.

Vauchelles, un peu inquiet, conduisit Brettecourt dans le grand salon, et ils y arrivèrent au moment même où mistress Dickson et sa fille venaient de pénétrer dans le boudoir. Brettecourt pouvait examiner les deux Américaines à son aise. Tout d'abord il regarda Edith, et son visage demeura impassible. Mais, dès qu'il eut examiné mistress Dickson un peu longuement, il devint blême et tout son corps fut secoué d'un frisson.

— Vous les connaissez? interrogea Vauchelles.

— La fille, non... mais la mère, oui! Ah! mon ami, cela dépasse tout ce que je pouvais supposer. Les misérables!

Vauchelles voulut l'emmener, craignant une scène désagréable. Mais Brettecourt dit :

— Non, non. J'arrive à temps. Laissez-moi donc exécuter ces gens-là!

L'Américaine, après les salutations les plus affectueuses, était en train de dire à la baronne :

— Ma chère amie, vous êtes la première à qui je veuille annoncer une nouvelle, qui, j'en suis certaine, va vous combler de joie...

— Ah! je devine! répliquait la baronne en minaudant.

Et, allant vers Edith, elle lui tendit ses deux mains :

— Permettez-moi de vous embrasser et de vous faire tous mes compliments. *Il* est charmant, ma chère, il est charmant, il est charmant!

Edith baissa les yeux en rougissant.

— Depuis quand la chose est-elle décidée... officiellement? interrogea la baronne.

— C'est hier que nous avons reçu officiellement la demande de M. de Vil...

Mistress Dickson n'acheva pas le mot. Brettecourt venait de pénétrer dans le boudoir et jetait un regard terrible à l'Américaine. Elle se sentit toute glacée; sa voix s'étrangla dans sa gorge...

Où avait-elle vu cet homme?...

Elle cherchait vainement à se dire que ce n'était pas à New-York, que ce n'était pas dans ces salons de jeu où s'était si honteusement amassée la fortune de sa fille... Il était passé bien des gens dans ces salons, elle y avait vu des milliers et des milliers de visages, qu'elle oubliait presque toujours le lendemain; mais il y a des visages qu'on n'oublie jamais, et celui de Brettecourt était de ceux-là. Et, si elle avait douté encore, ses doutes se seraient envolés quand la baronne de Vauchelles dit aimablement au général :

— Monsieur de Brettecourt! ah! quelle bonne surprise!

Brettecourt! elle se souvenait aussi de son nom... Il était auprès d'elle, il y avait de cela cinq ou six ans, une nuit où il avait perdu quelques billets de mille francs, dans un de ces moments de sombre ennui, où toute distraction lui était bonne pour écarter le souvenir des choses d'autrefois. Allait-il la reconnaître?

— Ma chère amie, dit la baronne à l'Américaine, permettez-moi de vous présenter le comte de Brettecourt, qui sera de vos amis, je pense; car c'est sous ses ordres que M. de Villepreux s'est si vaillamment conduit au Tonkin.

Mistress Dickson avait complètement perdu contenance; elle bégayait :

— Je suis heureuse... monsieur... très heureuse...

« Mais, qu'a donc maman? » se demandait Edith.

Brettecourt s'inclinait très respectueusement devant l'Américaine.

— Je suis très honoré, madame....

Et quand il se redressa, son visage avait une expression aimable, souriante. L'Américaine se rassurait et elle allait dominer son émotion, lorsque Brettecourt, se reculant un peu et ayant l'air de la regarder avec plus d'attention, dit :

— Mais j'ai déjà eu l'honneur d'être présenté à Mme Dickson...

— A moi, monsieur, à moi? balbutia l'Américaine; je ne me souviens pas...

— Oh! mais je me souviens très bien, moi!

— Vous devez être victime de quelque ressemblance, monsieur?

— Non, madame, déclara Brettecourt de plus en plus aimable, votre visage est de ceux qu'on ne saurait confondre avec aucun autre.

Et il s'assit en face de l'Américaine. Puis, souriant à Edith :

— Par exemple, je n'avais pas eu le plaisir de voir Mlle votre fille; elle était encore en pension...

Mistress Dickson s'était retournée vers la baronne de Vauchelles et essayait de renouer la conversation. Brettecourt ne lui en laissa pas le temps.

— Je comprends très bien, madame, que vous n'ayez conservé aucun souvenir d'un visiteur, perdu au milieu de tant d'autres; vos salons étaient si encombrés, les deux soirs où j'allai chez vous! Mais, moi qui m'ennuyais profondément à New-York, je ne saurais oublier les heures charmantes que j'ai passées auprès vous. La personne qui me présenta à vous, un jeune attaché de l'ambassade de France, ne m'avait pas trompé en me disant que votre maison était la providence des pauvres étrangers, tombés, tout à coup, à New-York sans relations...

En ce moment, la voix de Brettecourt devenait ironique.

— La jeunesse française trouvait toujours chez vous un accueil si exquis! Et je suis heureux de voir que la société parisienne vous en a récompensée. Pour moi, je ne saurais jamais oublier les salons de la cinquième avenue de New-York... Et cet excellent M. Dickson est-il à Paris?

— Oui, monsieur, répondit Edith très sèchement. Mon père est à Paris.

La jeune fille sentait le persiflage de Brettecourt et commençait à en être extrêmement agacée.

— Je serai enchanté de le revoir, dit le général imperturbable; je suis bien certain que, lui, consentira à me reconnaître... Mais qu'avez-vous donc, madame?

Mistress Dickson venait de se lever, brusquement, comme hébétée.

— Excusez-moi, chère madame, fit-elle d'une voix mourante... J'étouffe... Excusez-moi...

Et déjà, elle se dirigeait vers la porte du boudoir.

— Edith, venez!... Une indisposition subite...

La baronne de Vauchelles, stupéfaite, voulut la conduire dans une pièce voisine, mais l'Américaine refusa : elle avait une hâte folle de partir, de fuir cet homme qui lui faisait peur.

Edith, avant de s'éloigner, lança un regard féroce à Brettecourt; elle ne comprenait que trop bien que c'était lui qui avait troublé sa mère. Les deux Américaines disparurent.

Brettecourt était demeuré dans le boudoir et souriait finement, en regardant Vauchelles, qui, lui, était horriblement embarrassé.

Mme de Vauchelles, un peu vexée, dit à Brettecourt, d'un ton de reproche :

— Mon cher général, vous mériteriez une punition : vous avez interrompu cette charmante femme au moment où elle nous annonçait le mariage de sa fille...

— Ah! fit Brettecourt d'un air très naturel, c'est de là que vient son émotion?... Et quel sera l'heureux époux de cette jolie jeune fille?

— Vous ne lui avez pas laissé le temps de nous le dire; mais je le sais : M. de Villepreux.

— Vous m'étonnez beaucoup, madame, répliqua Brettecourt devenant soudain très grave; car je viens de voir les dames de Villepreux et elles ne m'ont pas parlé de cette union. Et je crois même qu'il est question, pour Frédéric, d'un tout autre mariage...

VII

RÉSIGNÉS

Des gardiens de la paix, qui étaient ce jour-là de service sur le viaduc d'Auteuil, remarquèrent un homme accoudé au parapet du pont, regardant fixement la Seine, se penchant même, comme si l'eau l'eût attiré. Ils s'approchèrent, pour le surveiller, « ayant flairé le suicide... » Il avait les yeux hagards, son visage était d'une pâleur verdâtre; de grosses gouttes de sueur perlaient sur son front.

C'était le marquis de Villepreux.

En quittant l'hôtel de l'Américain, Honoré avait d'abord suivi, d'un pas chancelant, l'avenue du Bois-de-Boulogne; mais, rencontrant des promeneurs qui le saluaient, il avait rebroussé chemin et, voyant tout à coup devant lui une route déserte, s'y était engagé machinalement. Il avait suivi ainsi le boulevard Lannes, le boulevard Murat, le boulevard Suchet, longeant les fortifications, et était arrivé au Point-du-Jour; et, pendant cette longue course, chaque fois qu'il avait aperçu un passant, il l'avait évité... Les hommes lui faisaient peur, et il sentait enfin toute son infamie ; et, pour la première fois, l'idée du remords sourdissait en lui.

— Cet Américain! ce drôle! Je ne vaux pas mieux que lui!... Et je n'ai plus qu'à lui obéir! Je suis l'esclave de ce misérable, de cet aventurier qui sait parfaitement que j'ai mérité d'être traîné devant des juges et qui, malgré cela, n'hésite pas à s'allier à moi!... Qu'a-t-il donc, lui, dans son passé?... Quelles monstruosités à effacer?...

Et c'était cela qu'il donnait pour beau-père à son fils?...

Ah! le détestable père qu'il aurait été! Et comme il serait plus simple d'échapper à tout cela par la mort!

Au moment où les gardiens de la paix s'approchèrent de lui, il songeait sincèrement à chercher l'oubli, l'éternel repos dans le suicide. Une seconde de décision, et il serait délivré de tout. Dickson ne pourrait plus se venger d'un mort!

Mais la vue des sergents de ville le ramena à un sentiment plus moderne de sa situation.

Il avait d'abord cédé à la révolte de sa conscience, à un réveil soudain de l'honneur; ce ne pouvait être en vain que le sang des Villepreux coulait dans ses veines. Mais il était, hélas! trop gangrené pour que ce réveil l'emportât si vite sur le vieil homme. Il se figura les gardiens de la paix appelant au secours, des mariniers ramant en hâte sur le fleuve, et les recherches avec des gaffes, ses vêtements salis, déchirés, son visage boursouflé...

Il eut un rire cynique, son rire de viveur, et :

— Non! Ce serait trop bête!

Et les gardiens furent tout surpris de le voir tirer de sa poche un élégant porte-cigarettes. Et il se mit à fumer et s'éloigna en méditant plus philosophiquement.

— J'étais un sot d'envisager les choses par le mauvais côté : ce Jean Renaud, avec sa manie de dévouement, avait déteint sur moi. Que m'importe, après tout, ce que Dickson a pu faire en Amérique? C'est si loin!... N'y a-t-il pas à Paris bien des gens, dans la finance, et même parmi nous, qui en ont certainement fait autant que lui, et qui n'en sont que plus respectés, s'ils ont réussi?... L'honneur! Est-ce que cela existe de nos jours? On ne s'incline plus que devant l'argent. Mon fils sera riche; Dickon a bien une dizaine de millions, nous lui en prenons trois; sa fille lui soutirera gentiment le reste; et il s'en retournera en Amérique nous en regagner autant. Dans six mois, Frédéric adorera sa femme... Ou, s'il ne peut décidément pas l'aimer, il sera assez riche pour se consoler avec d'autres.

Il héla un fiacre et se fit reconduire rue Saint-Dominique.

Cependant, en traversant la cour, il fut repris de ses craintes parce qu'il avait aperçu le visage sévère de la vieille marquise à la fenêtre de son salon.

— C'est avec maman que ça va être le plus difficile à conclure; mais... en s'y prenant adroitement!... Donnant, donnant! Je la laisse maîtresse d'Henriette; Frédéric m'appartient!

Il se rendit aussitôt dans le salon. Sa femme s'y trouvait avec sa mère.

— Nous vous attendions bien impatiemment, mon fils, dit la douairière.

— Il me tardait aussi grandement de vous voir, ma mère, répondit-il du ton le plus affectueux.

Il baisa la main de la douairière et embrassa très cordialement sa femme. Il était résolu maintenant à tout obtenir par la douceur.

— Ces enfants? interrogea-t-il.

— Nos enfants, dit Juliette, sont ensemble. Ils attendent et espèrent tous les deux. M. de Brettecourt est venu et nous a raconté l'entrevue qui avait eu lieu entre vous et le vicomte de Brettecourt...

— Et j'ai été étonnée... blessée même, dit la douairière, de ne pas l'avoir apprise aussitôt de votre bouche.

Honoré fronça légèrement les sourcils.

— Brettecourt, dit-il, agit sans doute dans une excellente intention. Ce qu'il a fait pour ce jeune sergent, dans l'unique but de lui permettre d'épouser Henriette, est évidemment fort beau. Il essaie de racheter le mal qu'il a causé autrefois, et personne ne lui en a plus de reconnaissance que moi... Mais enfin, il se mêle un peu trop de ce qui ne le regarde pas...

— N'a-t-il pas le droit de s'occuper de celui qui est maintenant son fils? dit la douairière.

— Sans doute, ma mère; mais cela ne lui donne aucun droit sur mon fils à moi. Vous m'avez dit que mes enfants attendaient et espéraient tous les deux; je ne pourrai malheureusement combler les désirs que de ma fille. Moi aussi, ce matin, j'espérais autant pour Frédéric que pour Henriette; je m'étais laissé entraîner par la noblesse de sentiments du vicomte de Brettecourt... Mais je suis forcé de m'incliner, et Frédéric va l'être comme moi, devant des engagements pris, devant des faits accomplis, devant notre parole donnée. D'ailleurs, je vais parler à ces enfants.

La douairière et sa belle-fille, interdites, n'eurent pas le temps de répondre. Honoré était allé chercher Frédéric et Henriette.

Quand ils furent tous réunis, le marquis attira sa fille près de lui et lui dit affectueusement :

— Ma chérie, tu as versé bien des larmes depuis quelques jours ; mais tu vas les oublier bien vite. — Tu aimes bien réellement M. Jean Renaud ?

— De toute mon âme, mon père !

— Et tu es décidée à devenir sa femme, à l'aimer toute ta vie ?

— Pouvez-vous me demander cela, mon père ?

— C'est que la vie est longue; et le mariage est une chose si grave!

— Peut-on cesser jamais d'aimer quand on aime comme moi ?

— Eh bien, mon enfant, tu sais que je m'étais vivement opposé à ce mariage ; je tenais essentiellement à ce que ton mari fût gentilhomme...

— Il l'est, mon père ! s'écria Henriette avec exaltation.

— Non, non, n'exagérons pas, fit Honoré en souriant avec une bienveillance un peu hautaine. Non, M. Jean Renaud n'est pas gentilhomme... Sa naissance est même très obscure... Mais M. de Brettecourt, n'ayant pas d'enfant, a bien voulu lui donner son nom ; et je cède à ton amour et aux *sollicitations de ta mère, de ton frère, de ta grand'mère.* Tu épouseras donc le vicomte de Brettecourt.

Henriette se jeta dans les bras du marquis.

— Ah ! père ! que vous êtes bon !... Comme nous allons vous aimer tous les deux !

Honoré répondit aux effusions de sa fille par des caresses très tendres. Puis il lui dit :

— Maintenant, laisse-nous : j'ai besoin de causer avec ton frère.

Henriette s'éloigna ; mais, sur le seuil de la porte, elle se retourna, le visage tout en larmes. Elle envoya un baiser des deux mains à son père et murmura :

— Je vais prier pour vous.

Et elle disparut.

Aussitôt le visage du marquis s'assombrissait.

— A ton tour, mon cher enfant, dit-il à Frédéric. Toi, hélas ! je vais te faire pleurer...

Frédéric domina le tremblement qui s'emparait de lui et prononça :

—

— Avant tout, mon père, laissez-moi vous remercier de ce que vous faites pour Henriette. Son bonheur est la moitié du mien.

— J'aurais voulu, mon cher enfant, répliqua très doucement le marquis, te donner le bonheur à toi aussi. Cela m'a été malheureusement impossible.

Frédéric baissa la tête et essuya furtivement une larme.

— Il y a deux jours, continua le marquis, tu me disais : « Consentez au mariage de ma sœur avec Jean Renaud et je vous obéirai ! » Le bonheur d'Henriette est assuré...

— S'il le faut, mon père, je suis prêt à vous obéir, je n'oublie pas mes engagements... Mais... mon ami Jean Renaud ne vous a-t-il pas proposé ?...

— Ton ami est venu trop tard, déclara gravement le marquis. Ce matin, il m'a si profondément ému que je n'avais plus le calme nécessaire pour réfléchir, que je m'imaginais pouvoir dégager ta parole et la mienne. Je te le répète, il était trop tard. J'ai vu M. Dickson, j'ai eu avec lui l'entrevue la plus pénible : il a notre parole et est formellement décidé à ne plus nous la rendre. Cet homme aime passionnément sa fille : il ne veut pas lui briser le cœur...

La douairière interrompit violemment le marquis.

— Ne me parlez donc pas, mon fils, de cœur et d'amour, là où il ne saurait être question que d'argent !

— Soit, ma mère ! s'écria Honoré avec un brusque mouvement.

Mais aussitôt il se rendait maître de sa colère et prononçait très posément :

— Parlons d'argent, puisque vous le voulez ! Vous ne trouvez sans doute pas suffisant que je me sois humilié une première fois devant mon fils ?... Vous désirez que je reconnaisse encore tous mes torts ?... Eh bien, puisque vous ne serez satisfaite que lorsque le fils aura rougi de son père...

— Assez, assez ! s'écria Frédéric.

En même temps, il étreignait son père, comme pour le défendre. Et les deux femmes demeuraient stupides, vaincues.

— Père, nous ne faisons qu'un, déclarait violemment Frédéric.

— Ah ! cher enfant, crois bien que si j'avais pu réussir !

— Je vous suis reconnaissant, père, comme si vous aviez réussi... Dieu ! que cette démarche a dû vous coûter !

— Certes! déclara Honoré péniblement. Et si tu savais comme cet Américain m'a humilié par sa noblesse d'âme!... Croirais-tu que, dès hier, sur ma seule parole, il avait dégagé tous ces maudits papiers qui compromettaient notre nom?... Ah! je paie bien cher mes imprudences!... Oui, sur ma seule parole, cet homme, confiant en nous, avait déjà exposé près de deux *millions* : pouvais-je, dans de pareilles *conditions*, rompre notre engagement?

— Non, père, non! Vous avez bien fait.

Et Frédéric tremblait de honte à la pensée que des papiers, compromettant le nom de son père, étaient encore entre les mains d'un étranger.

— Les moyens de Dieu sont inconnus, ajouta hypocritement Honoré : s'il a réglé les choses ainsi, c'est qu'il a voulu que notre nom fût sauvé par toi et non par ce Jean Renaud. Inclinons-nous!

Un lourd silence suivit. Honoré se disait :

« Vraiment, c'eût été trop bête de me jeter dans la Seine! »

Evidemment, l'union de Frédéric et de l'Américaine ne serait pas éclatante d'amour au début; mais peu à peu son fils s'habituerait à son bonheur, à sa fortune : l'argent pallie bien des choses, efface bien des douleurs. Et, plus tard, il serait réellement reconnaissant à son père de lui avoir donné une aussi belle situation. Quant à la douairière et à sa femme, elles lui garderaient longtemps rancune de cette mésalliance; mais elles auraient, pour se consoler, le spectacle du bonheur absolu d'Henriette et de Jean Renaud, bonheur qui avait dépendu de lui et auquel il avait fini par consentir de si bonne grâce. De cela, elles seraient bien forcées de lui être reconnaissantes. Tout s'arrangeait donc sans trop de secousses et suivant ses désirs; et il entrevoyait la fin de son existence, très calme, très égoïste, comme avait été le reste.

Un violent coup de sonnette interrompit ces douces pensées d'avenir.

Honoré allait faire répondre qu'il ne voulait recevoir personne; dans un pareil moment, il craignait toute intervention.

Mais la douairière avait donné l'ordre d'introduire M. de Brettecourt dès qu'il se représenterait chez elle. Et, avant qu'Honoré eût donné un ordre contraire, la servante ouvrait la porte du salon et annonçait :

— M. de Brettecourt ! M. Florimont.

— Florimont ! s'écria le marquis. Je me retire, ma mère... Viens, Frédéric !

Henriette se jeta dans les bras du marquis. (Page 69.)

— Sortez si vous le voulez, monsieur le marquis, dit le notaire d'une voix solennelle ; mais vous, monsieur Frédéric, je vous prie de rester, car j'ai la chose la plus grave à vous apprendre...

— Restez tous les deux ! ordonna la douairière avec une superbe autorité.

Le marquis, écumant de colère, mais n'osant pas résister, retomba sur sa chaise, en jetant des regards furieux à Florimont.

Le notaire était très rouge, très surexcité, Brettecourt d'une pâleur extrême. La marquise leur montra des sièges. Brettecourt seul s'assit.

Honoré n'écoutait plus; il avait gagné la porte du salon... (Page 76.)

— Madame, dit le notaire, je prends le premier la parole. M. de Brettecourt a, je crois, une assez longue confidence à vous faire; moi, je n'ai qu'un fait à apprendre à M. le comte de Villepreux... et je me retire...

— Soyez bref, monsieur, prononça très sèchement Frédéric.

— Monsieur, j'ai oublié momentanément les incidents pénibles qui se sont passés entre nous; je me suis souvenu seulement des liens de reconnaissance qui m'unissaient à votre famille... et par suite à vous. J'ai appris votre mariage...

— Mais, monsieur, interrompit Frédéric, mon mariage ne vous regarde en rien!

— Pardon. Mon devoir est de vous éclairer sur une chose que vous ignorez et qui vient de m'être révélée, il y a quelques instants. Je sais les motifs qui vous ont fait consentir à une union que vous repoussiez de tout votre cœur : vous vous sacrifiez pour sauver le nom que vous portez ; et, sans vous approuver, je suis forcé de rendre justice à vos nobles intentions. Mais encore faudrait-il que votre sacrifice ne soit pas inutile... et il va l'être!

Le marquis eut un geste brusque ; et essaya de couper la parole à Florimont.

— Écoutez-moi, monsieur le marquis ! s'écria le notaire avec énergie ; vous-même, j'en suis persuadé, ignorez ce que j'ai appris... il y a seulement quelques instants ! Vos créances ont été payées, hier, chez un... certain Baradoux, grâce à l'argent de M. Dickson. Elles se montaient environ à deux millions. Combien M. Dikson avait-il remis à M. Baradoux? Je l'ignore. A-t-il été son complice, ou sa dupe lui aussi ? Je ne saurais vous le dire; mais, ce que je puis vous affirmer, c'est que ce Baradoux a joué, à vos créanciers, une comédie indigne : il leur a représenté que vous étiez absolument ruiné, que votre mère ne paierait pas vos dettes, que vous étiez donc, comme on dit en affaires, sans la moindre surface, et que, par suite, leurs créances n'avaient pas la moindre valeur, et que, s'ils vous poursuivaient, ils aboutiraient à la consolation bien platonique de vous déshonorer, mais qu'ils ne toucheraient pas un centime. Vos créanciers, épouvantés, en sont alors passés par les volontés de M. Baradoux, qui, en échange des deux millions dûs par vous, leur a donné à peine cinq cent mille francs...

— C'est impossible!

— J'en suis absolument certain : si donc votre signature est dégagée, votre honneur ne l'est pas ! C'est ce que mon devoir m'ordonnait de faire connaître à M. Frédéric.

Le notaire n'ajouta pas un mot ; il salua les dames de Villepreux et Frédéric, qui étaient atterrés, serra la main à Brettecourt et se retira très vivement.

— Ce pauvre homme est fou ! déclara Honoré, dès que le notaire fut parti.

— Il ne vous a dit que la vérité, affirma Brettecourt; mais personne, marquis, ne saurait vous rendre responsable d'une pareille infamie; et je m'empresse d'ajouter que, selon toutes les probabilités, M. Dickson n'a pas trempé là-dedans... Il a trop besoin, ajouta-t-il avec une charmante ironie, d'acquérir un peu d'honnête réputation à Paris pour avoir commis une telle... saleté. Et il paraît qu'en traversant l'Atlantique, il s'est transformé en honnête homme...

Tandis que Frédéric, anéanti par ces dernières paroles, se cachait le visage dans les mains, les deux marquises, renaissant à l'espoir, interrogèrent anxieusement :

— Vous le connaissez donc ?

Honoré perdait contenance.

— Mon cher marquis, reprit Brettecourt d'un ton bienveillant, vous avez été abominablement trompé !

Le général observait fidèlement la loi que lui avait imposée Marie Renaud : il atténuait tous les torts du marquis; il rendait possible une réconciliation entre Honoré et sa mère.

— Et vous êtes bien excusable, disait-il : vous ne pouviez savoir ce que le hasard m'a fait apprendre dans un de mes voyages. Si vous êtes coupable, c'est seulement d'un manque de prudence, et tout Paris l'a été avec vous. Mistress Dickson et sa fille ont été accueillies ici avec un empressement qu'on refuserait certainement à d'honnêtes Français ; mademoiselle Edith a déjà repoussé les hommages de parfaits gentilshommes, qui ne demandaient qu'à la faire entrer dans la meilleure noblesse, accompagnée de ses nombreux millions... Permettez-moi seulement de vous dire ce que je disais tout à l'heure à Vauchelles, c'est qu'il eût été d'une sagesse élémentaire de s'enquérir de la provenance de ces millions...

— Mais, mon cher général, dit Honoré d'un ton un peu sec, j'ai pris mes renseignements : M. Dickson descend d'une vieille famille anglaise qui est établie aux États-Unis depuis deux siècles. Lui-même est un homme d'une intelligence remarquable ; il a des mines de pétrole, des mines d'argent... En ce moment, il construit un chemin de fer considérable dans l'Amérique du Sud...

— Vos renseignements sont inexacts, marquis. Il n'y a de vrai dans tout cela que la mine d'argent. Seulement, cette mine d'argent n'est pas située dans un terrain minier : elle se trouve en plein New-York, cinquième avenue, dans un bel hôtel, dont les meubles les plus essentiels sont des tables garnies de tapis verts, sur lesquels on voit *habituellement* des cartes, et où les naïfs laissent régulièrement leur argent.

Honoré se leva d'un bond, comme fou. Ses yeux sortaient de leur orbite. Frédéric avait poussé un soupir lamentable. Brettecourt, très calme, légèrement ironique, continuait :

— J'ignore les origines de M. Dickson et de mistress Dickson, j'ignore de quelle famille il peut descendre ; mais ce que je puis affirmer, c'est ceci : il y a cinq ans, pendant un congé, j'étais allé visiter New-York... Je n'ai pas besoin de vous dire que je ne cherchais pas le plaisir, mais seulement des distractions pour lutter contre la tristesse de mes souvenirs...

— Pauvre ami ! murmura la douairière.

— Et un soir, un jeune attaché de l'ambassade de France, un petit cousin des Vauchelles, me mena dans un des rares endroits de New-York où l'on s'amuse... C'était une très aimable maison où pouvait se présenter le premier venu ; de jolies femmes à la vertu facile aidaient les visiteurs à y passer fort agréablement leur soirée : la plus aimable était la *maîtresse* du lieu, mistress Dickson... Ensuite, on jouait et on perdait : il fallait bien payer son écot... Mister Dickson empochait : en bon père, il préparait la dot de sa fille...

Honoré n'écoutait plus ; il avait gagné la porte du salon... Et il s'enfuit, épouvanté.

VIII

UN GÊNEUR

Mister Dickson, enchanté de son entrevue avec le marquis de Villepreux, attendait le retour de « ses femmes » avec la plus tranquille, la plus joyeuse humeur, répétant sans cesse :

— Mon Dieu ! que c'est amusant, cette vie parisienne ! Mon Dieu ! que c'est amusant !

Et il fut tout décontenancé quand il vit rentrer Edith, le visage cramoisi, les yeux flamboyants, et sa chère Margaret tout anéantie. Et la pauvre femme avait à peine franchi la porte de l'hôtel qu'elle tombait sur le premier siège du vestibule.

— Qu'a donc votre mère, Edith?

— Ah! papa! si maman veut vous le dire à vous, vous aurez plus de bonheur que moi, répondit la jeune fille parfaitement désagréable. Voilà dix fois que je l'interroge, et je ne peux pas obtenir qu'elle ouvre seulement la bouche!

En même temps, Mlle Edith, oubliant tout le respect qu'elle devait à ses parents, haussait les épaules et faisait de grands gestes.

— Maman a été ridicule!

Margaret, à ces mots, n'eut même pas un mouvement, une parole de reproche. Elle se leva et, comme accablée, se dirigea vers l'escalier. Elle gagna sa chambre, et son mari, stupéfait, l'entendit pousser le verrou.

Dickson prit sa fille par la main et, brusquement, la poussa vers le salon.

— Expliquez-vous... Que s'est-il passé?... Qu'avez-vous fait?...

Edith répondit, rageusement :

— Des sottises, évidemment! ou tout au moins de grosses imprudences, mon père!

— Comment?

— Ah! je ne peux pas vous les expliquer, parce que je ne sais pas tout ce que vous savez, vous... et que ma mère sait aussi, évidemment!

— Edith, vous perdez la tête. Veuillez répondre à mes questions, avec un peu plus de calme... et aussi de respect.

Edith haussa encore les épaules et dit :

— Interrogez-moi, je vous répondrai.

— En sortant d'ici, vous êtes allées?...

— Chez nos faiseuses, couturière, modiste, lingère... comme vous l'aviez ordonné, mon père!

— Votre mère, n'est-ce pas, a discrètement annoncé votre mariage?

— Oui, mon père.

— Et elle a nommé M. de Villepreux?...

— Oui, mon père, elle a fait cela!...

— C'est *bien* ce que je lui avais dit.

— Eh bien! mon cher papa, je ne vous fais pas mon compliment sur votre prudence.

— Edith! vous vous oubliez!

— Eh! non, père! c'est qu'il s'agit de moi, en tout ceci, que c'est moi qui serai victime de vos combinaisons si elles ne réussissent pas, et qu'il n'eût fallu rien annoncer au monde, tant que mon mariage n'était pas définitivement conclu...

— Mais il l'est! le marquis sort d'ici...

— Le marquis! toujours le marquis! s'écria Edith avec emportement; je voudrais qu'il vienne un peu moins souvent ici et qu'on voie, au lieu de lui, sa femme et sa mère!... Je ne suis pas assez sotte pour ne pas comprendre que M. de Villepreux ne me donne son nom qu'à regret et que mon mariage a des adversaires absolues dans la mère, la sœur et la grand'mère de mon fiancé... En France, quand on n'a pas les femmes pour soi, on n'a rien... Bref, si maman a pu étaler triomphalement le nom de M. de Villepreux chez nos fournisseurs, c'est-à-dire chez des gens qui ne respectent en nous que nos millions, elle n'a pu le prononcer, même modestement, dans un salon du vrai monde: il a suffi, pour lui couper la parole, de la présence d'un homme qu'elle connaissait...

— Que votre mère connaissait? Qui donc? fit Dickson, soudain bouleversé; un Français?

— Oui, un Français! Mais pas de ceux qu'elle a connus à Paris! Un des Français que vous receviez à New-York, dans cet hôtel où vous ne m'avez pour ainsi dire jamais laissée paraître!

— Diable! murmura Dickson ne cachant plus son trouble.

— Que se passait-il donc dans cet hôtel? s'exclama Edith avec une sorte de rage.

Dickson répondit en questionnant fiévreusement :

— Le nom de cet homme, enfin?

— Le comte de Brettecourt!

Brettecourt! L'homme qui venait de donner son nom et son titre à Jean Renaud! Dickson frissonna : il y avait là autre chose qu'un hasard.

— Vous le connaissez donc, mon père?

L'Américain se rendit maître de son émotion et dit avec assez de calme :

— Non, Edith ; je ne comprends pas le trouble de votre mère. D'ailleurs, je vais l'interroger. Quant à vous, veuillez vous retirer dans votre chambre et calmer un peu vos nerfs. Je vous pardonne un emportement assez excusable dans votre situation ; mais je ne saurais admettre qu'une pareille scène se renouvelât. Allez!

Edith s'éloigna toute rageuse, et Dickson l'entendit marcher fiévreusement dans sa chambre.

— Colère de jeune fille! se dit-il : mademoiselle a ses nerfs, comme une vraie Parisienne. Nous, soyons calmes! Et veillons au grain.

Il monta doucement jusqu'à la chambre de sa femme et frappa.

— C'est moi, Margaret.

Après une légère hésitation, l'Américaine ouvrit et jeta un regard inquiet à son mari ; puis elle retomba sur son canapé, d'où elle n'avait pas bougé depuis tout à l'heure, et où elle demeurait craintive, hébétée.

Dickson s'assit en face d'elle, très froid, les yeux sévères, les lèvres pincées.

— Je ne vous gronderai pas, commença-t-il d'un ton glacial ; mais parlons franchement.

— Ç'a été plus fort que moi, balbutia Margaret ; j'ai vu que cet homme me reconnaissait... Et je me suis troublée...

— Vous nous avez sottement compromis, Margaret : il fallait payer d'audace!

— J'ai bien essayé... Je n'ai pas pu...

— C'est... bien réellement un de ceux qui sont venus... là-bas?

— Oui.

— Et... il vous aura persiflée?...

Margaret, en tremblant, fit signe que oui. Elle avait peur pour son mari.

— C'est bien. Je le tuerai, dit l'Américain avec beaucoup de calme. Quant à vous, reposez-vous. Reprenez votre sang-froid : le marquis de Villepreux viendra ce soir avec son fils ; qu'ils ne se doutent de rien!

Et Dickson se leva, très résolu.

— Je me rends chez Baradoux.

Mais au moment, où il sortait, il aperçut le banquier, qui venait aux nouvelles.

— Ah! Vous arrivez à propos, vous! lui cria l'Américain.

Et il le conduisit dans son cabinet.

— Qu'avez-vous fait du marquis? interrogea Baradoux, assez inquiet.

— Le marquis?... Ça va bien de ce côté-là. Il ne s'agit plus de lui. Mais vous allez me servir de témoin...

— Hein?

— Vous allez m'accompagner chez le baron de Vauchelles, qui ne refusera pas, je pense, de m'assister aussi; car c'est justement chez lui qu'un homme s'est permis aujourd'hui de manquer à ma femme... Il faut que, demain, cet homme soit mort!

Baradoux se mit à trembler. Sa nature douce répugnait au duel; et il balbutia:

— Mais... ne peut-on arranger?...

— Quand je vous dis qu'il faut que cet homme meure, c'est qu'il le faut, sacrebleu!

— Et cet homme est?...

— Le général de Brettecourt.

—Dangereux, monsieur Dickson!...Oh! très dangereux!... Mais comment, sous quel prétexte, a-t-il pu, lui si galant homme, oublier les égards?...

Dickson interrompit violemment :

— Cela ne regarde personne.

En ce moment, le bruit d'une voiture arriva aux oreilles de l'Américain et de Baradoux.

Celui-ci alla à la fenêtre.

— Le voici, justement! murmura-t-il sans dissimuler son effroi.

L'Américain alla regarder aussi.

— Ah! c'est ce... Brettecourt?

— Oui.

— Le beau gaillard!... Ça va être amusant!

Dickson faisait le brave; et cependant la vue seule de Brettecourt lui avait causé un frisson.

— Descendons, dit-il; vous assisterez...

— Non, non, s'empressa de répondre Baradoux. Permettez-moi de vous quitter... Je n'étais venu que pour m'informer... Excusez-moi... Une affaire urgente me rappelle...

Et, tandis qu'on introduisait Brettecourt au salon, il s'esquiva.

— Qu'ils s'arrangent comme ils voudront, se disait le

banquier; *moi, j'ai mon affaire faite, je ne me mêle plus de rien.*

Dickson le regarda s'éloigner et prononça dédaigneusement :

— Poltron !

Puis il se rendit dans son salon. Brettécourt s'y promenait d'un air dégagé.

— Monsieur Dickson, je pense ? fit-il aimablement.

— Oui, monsieur.

— Je me représente à vous ; car vous avez peut-être oublié mon visage : le comte de Brettecourt.

L'Américain jugea inutile de se mettre trop vite en colère : il valait mieux laisser Brettecourt se démasquer.

— Je vous avoue, monsieur, que je ne me souviens nullement d'avoir jamais eu l'honneur de vous voir...

— Votre mémoire est mauvaise, monsieur Dickson... comme celle de Mme Dickson, du reste. Tout à l'heure, j'ai eu l'honneur de la rencontrer chez la baronne de Vauchelles ; je lui ai rappelé les très aimables soirées que j'ai passées chez elle... Et elle m'a vivement mortifié en refusant de s'en souvenir...

— En effet, dit l'Américain : Mme Dickson m'a parlé de cela en rentrant ici ; et... nous ne comprenons ni l'un ni l'autre...

— Vous vous obstinez ? fit Brettecourt toujours souriant. Soit ! Alors, nous allons lier connaissance, comme si nous ne nous étions jamais vus. — Quand reprenez-vous vos petites soirées ?... J'aime à croire que je serai de vos invités ?... Car j'ai à vous demander ma revanche...

— Quelle revanche ?

— Mais au jeu, *mon cher monsieur* : j'ai perdu quelques billets de mille francs chez vous ; vous voudrez bien ne pas trouver étonnant que j'aie envie de les regagner ?

— Permettez-moi de vous répéter, monsieur, que je ne comprends rien à vos paroles ; je vous ai écouté par pure bonté d'âme, pour vous fournir l'occasion de vous excuser... Votre insistance est de fort mauvais goût...

Brettecourt ne broncha pas.

Dickson continua, haussant le ton de sa voix :

— Mme Dickson a été presque blessée de votre persiflage, et, lorsque vous êtes arrivé ici, je me disposais à vous envoyer mes témoins...

— A moi? fit Brettecourt en riant. Et pourquoi donc?

— Mais pour vous demander raison de votre insolence.

— Mon insolence! C'est à moi à ne plus vous comprendre, mon cher monsieur!... D'ailleurs, je ne me bats pas en duel...

Dickson éclata de rire, nerveusement :

— Un général? Un gentilhomme?

— Je ne saurais me battre en duel qu'avec mes égaux; et, parmi mes égaux, je ne compte que des amis.

— Alors... vous ne me tenez pas pour votre égal?

— Pas du tout, monsieur Dickson! Mais je ne demande qu'à vous traiter avec bienveillance; et, voyez comme vous êtes injuste, vous me recevez mal, moi qui viens vous rendre un grand service.

Dickson, qui s'était levé, prêt à quelque acte de violence, se calma subitement.

— Voyons tout ce que ce bon chevalier a dans son sac, se disait-il. — Je vous avoue, monsieur, sans faux orgueil, que je ne crois pas avoir à attendre de service de qui que ce soit.

— Vous vous imaginez cela, monsieur Dickson, parce que vous êtes Américain et que vous croyez que les choses se passent en France comme en Amérique. Votre excellent conseil, M. Baradoux, ne vous a pas assez renseigné. Veuillez, je vous prie, ne pas vous fâcher, et vous allez voir combien nous sommes près de nous entendre. Je vous l'ai dit, d'ailleurs : mes intentions à votre égard sont excellentes.

Dickson eut un sourire ironique.

— Allez, monsieur : vous m'intéressez beaucoup.

— Établissons les choses par ordre. Vous avez acquis une très belle fortune...

— Faut-il vous en dire le chiffre? interrompit l'Américain, avec assez d'ironie.

— C'est inutile, mais un chiffre suffisant pour éblouir ces badauds de Parisiens. Nous examinerons plus tard par quelles opérations... financières, cette fortune a été gagnée. Une fois riche, vous avez jeté votre dévolu sur la France, pour y finir honorablement vos jours et y établir, non moins honorablement, votre charmante fille...

— Je vous défends, monsieur, de parler de ma fille!

— Mais, pardon! Il ne va être question que d'elle. — Vous

vous êtes dit, qu'avec beaucoup d'argent, on trouve toujours *un gentilhomme ruiné. Des écus contre des parchemins!* L'histoire est vieille comme la France. Mais vous étiez difficile : vous ne vouliez pas de ces gentilshommes qui croquent aussi facilement la dot de leur femme et leurs espérances qu'ils ont joyeusement éparpillé leur patrimoine. C'était très sage. Trouver un vrai gentilhomme, digne de ce nom, et non un des tristes viveurs de la bohème dorée, c'était une combinaison remarquable ; mais la chose offrait beaucoup de difficultés, et vous avez habilement mélangé les deux espèces : un fils digne de *tous les éloges et un père réduit à une situation navrante!* Remarquable combinaison : le fils se sacrifiant pour sauver le père! *Mais elle a un défaut : le fils,* sur lequel vous aviez jeté votre dévolu, est officier... Vous ignoriez, évidemment, qu'un officier français ne peut se marier sans l'autorisation du ministre de la guerre? Et, pour que cette autorisation lui soit donnée, il faut que sa fiancée soit reconnu digne de lui ; et mademoiselle votre fille ne serait pas jugée telle...

— Vraiment?

— Et, j'ai voulu vous prévenir charitablement, pour vous éviter un scandale fort désagréable : c'est moi, en ma qualité de son ancien chef, qui serais chargé de fournir des renseignements sur Frédéric de Villepreux et d'en prendre sur sa future... Et je vous avoue que je ne pourrais donner sur Mlle Dickson que des renseignements déplorables...

— Assez, assez! cria l'Américain, dont le naturel violent l'emportait.

Et il se précipitait, la main levée, sur Brettecourt. Celui-ci le prit par le poignet et le rejeta brusquement sur son fauteuil.

— Sapristi, monsieur Dickson, que vous êtes ennuyeux! Les violences ne mènent à rien... Vous n'avez entendu que la moitié de ce que j'ai à vous dire. Il s'agit de choses très graves, il faut les envisager à tous les points de vue. Restez donc tranquille et écoutez-moi!

Dickson demeura immobile, écrasé, petit devant son adversaire. Machinalement il baissa les yeux sur son poignet et vit la marque rougie des doigts de Brettecourt. Il commençait à se demander s'il était de taille à lutter contre un tel adversaire.

IX

RÈGLEMENT DE COMPTES

Quant à Brettecourt, il s'amusait beaucoup.

— Ah! papa! si maman veut vous le dire, à vous!... (P. 77.)

— Si vous voulez vous mettre en colère, dit-il gracieusement, vous en aurez le *loisir tout* à *l'heure; mais*, je vous le répète, je suis persuadé que, lorsque vous m'aurez écouté jusqu'au bout, vous ne demanderez qu'à vous entendre avec moi. J'ai tenu à vous prouver, tout d'abord, que le mariage de votre fille avec M. de Villepreux était impossible au point de vue militaire; cela n'a pas suffi à vous convaincre, je vois?

— Oh! pas du tout, monsieur! J'ai la parole du marquis

de Villepreux, la parole de son fils. L'autorisation de mariage sera demandée, puisqu'il le faut, au ministre de la guerre ; si elle est refusée, mon futur gendre donnera sa démission et

Et il se précipitait, la main levée, sur Brettecourt. Celui-ci le prit par le poignet et le rejeta brusquement sur son fauteuil. (P. 83.)

voilà tout! Cherchez donc d'autres moyens d'intimidation, fit Dickson, affectant une grande assurance.

— D'abord Mme de Villepreux refusera son consentement au mariage de son fils avec Mlle Edith...

— On peut s'en passer ; j'ai étudié les lois françaises : le consentement d'un seul des parents est indispensable, on peut se passer de l'autre...

— Exact. Mais Frédéric ne se résoudra pas à s en passer.

— J'ai les moyens de l'y forcer.

— Soit, *dit Brettecourt* avec *philosophie*. — Alors, ni sa mère, ni sa sœur, ni sa grand'mère n'assisteraient à son mariage.

— Tant pis pour elles !

— La maison de la douairière serait à jamais fermée à son petit-fils.

Dickson haussa les épaules.

— Au premier enfant, dit-il, toutes ces belles colères tomberont. D'ailleurs, monsieur, le marquis m'a à peu près dit tout cela aujourd'hui ; et, puisque vous êtes si bien renseigné, vous devez savoir que je l'ai maté en quelques mots. Ne me forcez pas à vous en dire plus long.

— Mais si, parlez donc !

— Vous connaissez, je pense, l'état des affaires de M. de Villepreux ?

— Parfaitement.

— Savez-vous qu'il a commis des actes qui tombent sous le coup de la loi ?

— Des imprudences !

— Imprudences ou non, il ne dépend que de moi d'envoyer le père du comte de Villepreux au banc du déshonneur ?

— Cela dépend aussi de moi, mon bon monsieur.

— Vraiment ?... M. de Villepreux vous a-t-il dit que les preuves de tous ces actes sont entre mes mains ?

— Je le sais ; mais je sais aussi que ces preuves ne sortiront de vos mains que pour passer dans les miennes.

Cette fois, Dickson éclata franchement de rire.

— Ah ! Je serais curieux de savoir comment vous vous y prendrez !

— Très simplement.

— N'espérez pas cela, monsieur ! Je tiens ces preuves, et je les tiens bien. Et elles ne seront détruites que lorsque ma fille portera le nom de comtesse de Villepreux. Je ne discute pas sur la délicatesse de mes moyens ; mais je suis le plus fort, et j'use de ma force.

— C'est en vertu de ce même droit du plus fort que je vous prie de me rendre tous ces papiers.

— Est-ce à l'épée... au pistolet ?...

— Non, non, fit Brettecourt en secouant la tête ; vous me

forcez toujours à vous répéter les mêmes choses : je ne me bats pas en duel avec des aventuriers de votre espèce...

— Prenez garde! Vous osez m'insulter encore!

— Une vérité ne saurait être une insulte; ce n'est nullement pour vous insulter que je vous donne le titre d'aventurier, je fais une simple constatation. — Votre intention serait donc, dans le cas où le mariage serait rompu, de vous venger?...

— Mon Dieu! oui, monsieur, en remettant tous ces papiers à M. le procureur de la République... Et vous voyez comme mon rôle serait beau! Je dirais à tous mes amis parisiens : « J'ai été indignement trompé ; j'allais donner ma fille au fils d'un misérable ; je m'en suis aperçu à temps, quand, par pure délicatesse, j'ai voulu payer les dettes du père. Et mon indignation a été telle que j'ai livré le drôle à la justice de son pays! »

— Triste combinaison, monsieur Dickson. Je pensais que vous aviez inventé quelque chose de mieux. Enfin, vous êtes fort aimable de m'avoir fait connaître votre plan. Franchise pour franchise! Voici maintenant le mien! J'irais trouver le même procureur de la République, et je lui dirais : « M. Dickson vous a remis des papiers qui ne lui appartiennent pas; veuillez me les restituer. »

— Qui ne m'appartiennent pas! hurla Dickson. Je les ai pourtant payés assez cher.

— Monsieur Dickson, je ne vous ai pas interrompu; écoutez-moi donc! J'ajouterais :

« Monsieur le procureur, ces papiers n'appartiennent pas à M. Dickson; car, pour s'en emparer, il s'est servi de moyens frauduleux. Le marquis de Villepreux avait chargé un nommé Baradoux de payer ses dettes, grâce à l'argent de M. Dickson : ce service d'argent était le prélude d'une union entre les deux familles. — Il était bien convenu que les créances du marquis de Villepreux seraient intégralement remboursées... »

— Que voulez-vous dire? s'écria l'Américain.

— Un peu de patience, sacrebleu!

« Au mépris de ces conventions, ajouterais-je, M. Dickson et Baradoux ont joué une indigne comédie aux créanciers du marquis de Villepreux. Ils leur ont fait peur et ont racheté toutes les créances pour le quart de leur valeur... »

— Ah! cela, c'est faux! c'est faux, monsieur de Brettecourt, je vous le jure!

— Je termine :

« M. Dickson, aujourd'hui devenu maître de ces valeurs, grâce à des moyens frauduleux, s'en sert pour faire du chantage. Et le marquis a pleinement le droit de reprendre sa parole, les conventions prises par lui avec M. Dickson n'ayant pas été exécutées... »

— Mais, morbleu, quand je vous dis que c'est faux ! Il y avait dix-huit cent mille francs à payer, j'ai payé dix-huit cent mille francs. Et je vais vous le prouver !

Dickson sortit brusquement du salon et revint une minute après ; il était allé jusqu'à son cabinet et rapportait son livre de chèques et quelques lettres.

— Tenez ! Voici mon livre de chèques ; voici les bons avec lesquels Baradoux est allé toucher les dix-huit cent mille francs à la caisse des Comptes courants ! Voici l'avis de payement de l'administration des Comptes courants ! Voici le reçu de Baradoux !... Morbleu, j'ai payé, vous dis-je !

Il était aisé de voir que l'indignation de l'Américain était sincère.

— Je ne demande pas mieux que de vous croire, dit Brettecourt ; mais cela prouverait simplement que Baradoux vous a trompé. Et je crois, en effet, que Baradoux s'est moqué de vous ; mais le procureur de la République — les procureurs de la République sont très méfiants — s'imaginerait certainement que vous avez été de complicité avec votre estimable banquier.

Dickson fut remué par un frisson glacial.

— Allons chez Baradoux, murmura-t-il.

— Oui, nous allons nous rendre chez lui tout à l'heure ; mais auparavant, j'ai une dernière chose à ajouter.

Dickson leva les yeux inquiets sur Brettecourt ; le général lui faisait décidément peur.

— Je vous ai prévenu de ce que je dirais au procureur de la République ; voici maintenant ce que je dirais, dans la même journée, à mon cercle. Et vous savez que ce qui se dit dans les cercles se propage dans Paris avec une effrayante rapidité.

« Figurez-vous, raconterais-je donc, qu'au moment de conclure le mariage de son fils avec Mlle Dickson, le marquis de Villepreux a découvert des choses abominables... Ce M. Dickson, dont tout le monde s'était entiché, n'a ni mines d'argent, ni mines de quoi que soit, ni chemin de fer, ni rien de tout ce que vous avez si naïvement cru. M. *Dickson tenait, simplement, à New-York, une maison* louche, où l'on trouvait de jolies filles et où l'on perdait régulièrement son argent. La dot de Mlle Edith a été amassée là... Moi-même j'y ai contribué... On se récrierait un peu; j'apporterais des preuves, je n'aurais qu'à aller en chercher à la Légation des États-Unis. Et vous seriez, mon pauvre monsieur Dickson, ce qu'on appelle, en termes parisiens, l'objet d'une exécution sommaire dans tous les salons où vous avez trouvé jusqu'ici un si charmant accueil. Pensez-vous encore que vous soyez le plus fort?..

Dickson, effaré, s'était enfoncé dans son fauteuil. Il était blafard, ses yeux sortaient de leur orbite : des gouttes de sueur tombaient de son front. Tout son corps tremblait. Le coquin était vaincu par l'honnête homme.

— Vous voyez bien, dit Brettecourt, que nous arrivons à nous entendre?... Vous allez donc me remettre tous ces terribles papiers, qui n'ont plus de valeur entre vos mains. Et, comme je n'achète rien pour rien, voici ce que je vous propose : en échange de votre silence, de votre renonciation à un mariage impossible, je vous promets, moi aussi, le silence. Je n'ai pas plus d'estime pour cette brillante société parisienne que pour les aventuriers d'Amérique qui viennent y chercher des alliances. Il est fâcheux, pour vous, que vous ayez touché à quelqu'un que j'aime; mais je ne me mêlerai plus de vos affaires. Vous vivrez tranquillement à Paris, dans le joli monde que vous fréquentez, et qui ne vaut pas mieux que vous; je vous prierai seulement de ne jamais me saluer et de ne plus vous représenter chez mon ami le baron de Vauchelles... Maintenant, voulez-vous me rendre tous ces papiers?

Dickson eut une dernière révolte; il se redressa un peu, hurla un terrible juron anglais en serrant les poings, l'effort suprême d'un ennemi renversé; mais il suffit d'un regard hautain de Brettecourt pour le maîtriser définitivement.

— Ces papiers ne sont pas chez moi, dit-il en s'efforçant de paraître calme; je les ai laissés entre les mains de Baradoux. Et si le drôle a réellement fait ce que vous m'avez dit... eh bien... eh bien...

— *Eh bien?*

— J'accepte vos conditions, murmura Dickson en baissant la tête.

— Alors, partons vite, dit Brettecourt, qui ne put retenir un mouvement de joie.

Il regarda sa montre :

— Six heures!... Des gens, à qui j'ai donné rendez-vous chez M. Baradoux, doivent m'attendre. Venez.

— Laissez-moi le temps de faire atteler.

— J'ai ma voiture.

Maître Baradoux, en quittant Dickson, était rentré chez lui et s'y était enfermé, en donnant l'ordre à son domestique de ne recevoir personne. Et, pour lutter contre la terreur que lui inspirait Brettecourt, il s'était mis à compulser le dossier du marquis de Villepreux.

Mais peu de temps après, il était dérangé par un violent coup de sonnette.

Il écouta et entendit une conversation à laquelle il était habitué : un visiteur demandant à être reçu par lui, et son domestique répondant imperturbablement qu'il était absent. Seulement, la conversation ne se termina pas comme d'habitude. Malgré les efforts du domestique, qui essayait de le renvoyer, le visiteur dit :

— C'est bien. J'attendrai.

Dix minutes plus tard, un second visiteur se présentait, et comme le premier, déclarait qu'il attendrait. Puis il en vint un troisième, un quatrième; bientôt, ils furent huit. Le domestique se décida alors à prévenir le patron. Il passa par l'appartement et arriva au cabinet.

— Qu'est-ce que c'est que ces gens-là? interrogea Baradoux, furieux.

— Monsieur, c'est des gens que vous avez reçus ensemble, il y a deux jours, et à qui vous avez compté de l'argent.

Baradoux fut saisi d'un long tremblement. Des gens qu'il avait reçus ensemble deux jours auparavant et à qui il avait compté de l'argent... c'étaient les créanciers du marquis de Villepreux.

— Qu'est-ce qu'ils me veulent?... Ils sont payés!

— Apparemment, monsieur, qu'ils veulent autre chose; car ils ont tous l'air très résolu.

En ce moment, un nouveau coup de sonnette, plus magistral que tous les autres, retentit; un des créanciers ouvrit la porte de l'appartement. Et Baradoux entendit ces mots :

— Pardonnez-moi, messieurs, je suis en retard de quelques minutes; mais j'ai été terriblement occupé. Veuillez encore attendre quelques instants.

On frappa alors brusquement à la porte du cabinet. Et, comme Baradoux ne répondait pas, la porte reçut un choc, le verrou sauta, et Brettecourt parut, accompagné de l'Américain.

Le domestique se précipita au-devant d'eux pour les arrêter. Brettecourt l'écarta d'un revers de bras et lui dit :

— Maintenant, mon garçon, tenez-vous coi, là, dans le fond du bureau. Je ne suis pas fâché d'avoir un témoin de ce qui va se passer ici.

Baradoux pâle, tremblant, bégaya quelques mots incohérents.

— Silence! dit Brettecourt. Vous n'aurez à parler que si l'on vous interroge.

L'homme d'affaires jeta un regard suppliant vers Dickson, celui-ci lui répondit par ces mots anglais : *Be damned!* qui signifient : « Que le diable vous emporte! »

— Mon cher monsieur Dickson, dit Brettecourt, veuillez vous asseoir; vous aussi serez témoin... Je crois que la chose vous intéresse?

— Oui, très particulièrement, déclara l'Américain, en lançant un regard terrible à Baradoux.

Brettecourt alla chercher les créanciers et les fit asseoir dans le cabinet, aussi tranquillement que s'il avait été chez lui. Quant tout le monde fut installé, il se plaça auprès du bureau de Baradoux et demeura debout.

— Que signifie?... bégayait le banquier; que signifie?...

— Silence! vous dis-je. — Messieurs, vous êtes bien les créanciers du marquis de Villepreux?

— Oui, monsieur, répondirent-ils.

La plupart ajoutèrent :

— Et nous avons été indignement trompés...

— C'est vrai, messieurs, reconnut Brettecourt; mais vous avez eu tort d'accuser le marquis de Villepreux d'une infamie, qui, si elle a été commise en son nom, l'a été sans qu'il le sût. L'un de vous voudrait-il me repéter ce qui s'est passé hier entre vous tous et M. Baradoux?

Le banquier bondit en hurlant :

— Sortez! sortez, tous!... C'est vous qui commettez une infamie en violant mon domicile...

Brettecourt lui mit la main sur l'épaule et le força à se rasseoir.

— Encore une révolte de vous, dit-il, et je vous livre à la justice!

Et s'adressant à l'un des créanciers, que tous les autres désignaient :

— Parlez, monsieur!

— Voici la chose, dit le créancier : je puis parler au nom de tous ces messieurs, car il y a longtemps que nous nous connaissons et que nous poursuivons ensemble le payement de ces malheureuses créances. Nous sommes cinq ici à qui le marquis devait de l'argent depuis dix ou douze ans, et il y en a trois qu'il avait entraînés, grâce à ses belles promesses, dans son affaire de réassurances... Encore une abominable filouterie!

— Au fait, monsieur, au fait! dit Brettecourt d'un ton sévère. Il ne vous appartient pas de juger la conduite du marquis.

— Bref, monsieur, hier, nous étions réunis ici, soi-disant pour toucher le montant de nos créances. M. Baradoux en était chargé. Seulement, M. Baradoux nous a fait peur; il nous a dit que le marquis n'avait plus la moindre ressource, que sa mère avait donné son hôtel à son petit-fils, que nous ne pouvions compter sur rien et que nous n'avions plus qu'à poursuivre le marquis en police correctionnelle... ou à nous contenter de ce qu'il nous offrait, c'est-à-dire vingt-cinq pour cent de ce qu'il nous devait. Le poursuivre! Il l'avait bien mérité; mais mieux valait toucher quelque chose... Et nous avons tous eu la faiblesse de consentir... Entre nous tous, nous perdions plus d'un million... Aussi, vous devez penser si nous vous avons béni, monsieur de Brettecourt, quand vous avez fait dire, par maître Florimont, que nous n'avions qu'à nous nous rendre ici, pour y être intégralement désintéressés. Vous voyez que pas un de nous n'a manqué au rendez-vous.

Dickson s'était levé; il vint placer ses deux poings sous le menton de Baradoux, en criant :

— Canaille! Bandit!

Baradoux était livide.

— Calmez-vous, dit Brettecourt à l'Américain : vous réglerez plus tard votre compte avec M. Baradoux.

Puis, s'adressant aux créanciers :

— Messieurs, je comprends votre colère contre le marquis de Villepreux; mais il a toujours été malheureux en affaires et, par suite, très excusable. Quant à cette dernière infamie, dont vous le rendez à tort responsable, elle a été conçue et exécutée par M. Baradoux seul et à son seul bénéfice. C'est lui qui a empoché le beau million qui vous manque. Et il va vous le rembourser. Cher monsieur Baradoux, voudriez-vous payer ces messieurs?...

Baradoux demeurait immobile. Brettecourt l'enleva de sa chaise et le porta devant son coffre-fort.

— Ouvrez!

Baradoux chercha ses clefs en tremblant et ouvrit.

— Payez ces messieurs.

Le banquier voulut prendre des billets de banque; ses mains n'avaient pas la force de les tenir.

— Allons! je vous remplacerai, dit le général.

Et, bousculant Baradoux, qui alla tomber à demi agenouillé devant Dickson, Brettecourt s'empara de tout ce que renfermait le coffre-fort.

Dickson avait mis la main sur Baradoux en disant :

— Ce sera notre tour, tout à l'heure.

Brettecourt revint vers la table et s'assit avec un calme imperturbable.

— Voici justement le dossier du marquis de Villepreux, dit-il, les choses vont marcher rondement.

Et il appela le créancier qui avait porté la parole au nom des autres :

— On vous doit?

— Deux cent mille francs.

— Et vous en avez reçu?

— Cinquante mille, monsieur.

— Voici les cent cinquante mille qui vous manquent.

Puis, chaque créancier toucha à son tour ce qui lui était encore dû. Et ils se retirèrent en couvrant le général de leurs bénédictions.

— Plus un mot de tout ceci! leur dit Brettecourt comme adieu. Vous n'avez déjà que trop bavardé.

Quand les créanciers furent partis, le général examina toutes les valeurs signées par Villepreux, s'assura que pas une ne manquait; il les plia et les mit dans sa poche. Puis, prenant une grosse enveloppe qu'il portait entre son gilet et sa redingote, il en tira des billets de banque.

— Je n'ai pris que des billets de cinq mille, dit-il, pour que ce soit plus simple à compter.

Il fit lentement plusieurs tas de cent mille francs. Puis il appela :

— Monsieur Dickson?

L'Américain se rapprocha de la table, sans perdre de vue Saturnin Baradoux. Brettecourt dit alors :

— Mon cher monsieur Dickson, veuillez vérifier.

L'Américain eut un geste de protestation et répliqua :

— Vérifier, monsieur le comte! vérifier quand vous avez compté?

— Je l'exige, dit tranquillement Brettecourt.

Dickson dut compter.

— Dix-huit cent mille francs! prononça-t-il quand il eut terminé; le compte y est bien.

— La chose est donc bien claire, reprit Brettecourt. Et, comme j'espère ne jamais vous revoir ni l'un ni l'autre...

Dickson fit une grimace et dit :

— Croyez-moi, si vous voulez, monsieur de Brettecourt; mais vous m'avez fait regretter aujourd'hui de n'avoir pas été toute ma vie un honnête homme.

Brettecourt ne put s'empêcher de sourire; et il continua :

— Donc, comme je ne vous reverrai jamais ni l'un ni l'autre, il faut bien que je résume nos situations respectives. J'ai déjà donné les explications nécessaires à M. Dickson. A votre tour, monsieur Baradoux. Vous allez oublier, dès ce moment, tout ce que vous avez pu savoir sur le compte du marquis de Villepreux?...

Baradoux murmura quelques mots inintelligibles, que Brettecourt dut prendre pour son acquiescement.

— Vous consentez, monsieur le banquier? Bien. D'ailleurs, s'il vous arrivait de commettre la moindre indiscrétion, je prendrais vis-à-vis de vous telles mesures qui vous empêcheraient de jamais nuire à qui que ce soit. J'ai en mains assez de preuves de vos canailleries. Quant à ce qui vous regarde personnellement vis-à-vis l'un de l'autre, messieurs, je pense que je n'ai pas besoin de vous donner de plus longs détails pour que la remarquable opération de M. Baradoux soit plus claire aux yeux de M. Dickson.

— Parfaitement, monsieur le comte! s'écria l'Américain, tout en jetant un terrible regard à Baradoux. Parfaitement. C'est un compte à régler entre monsieur et moi.

— Je n'ai donc plus rien à ajouter, dit Brettecourt.

Et il se leva. Tandis qu'il se dirigeait vers la porte, l'Américain l'accompagnait en saluant très bas.

Lorsque Brettecourt eut disparu, Dickson referma brusquement la porte et se retourna en criant :

— A nous deux, maintenant!

Et déjà, il levait ses deux poings... quand il s'aperçut que Baradoux n'était plus là.

Pendant que Dickson faisait ses adieux à Brettecourt, le banquier s'était glissé en rampant hors de son cabinet, et il avait filé par l'escalier de service.

X

DÉPIT AMOUREUX

— Mademoiselle a vraiment tort de se mettre dans des états pareils!

Joséphine, la femme de chambre de Mlle Florimont, avec sa familiarité de vieille servante, avait déjà prononcé plusieurs fois cette phrase, bien affectueusement, devant sa jeune maitressse; mais elle s'était attiré de telles rebuffades qu'elle ne se permettait plus d'adresser la moinde remontrance à l'irritable Louison... Seulement, elle allait en conférer secrètement avec le notaire. Et celui-ci, levant les bras au ciel, s'écriait d'une voix lamentable :

— Que voulez-vous que j'y fasse ?

Lui-même commençait à devenir aussi irritable que sa fille. Il ne voulait plus traiter aucune affaire, renvoyait ses clients à son premier clerc, sous prétexte d'indisposition, et s'enfermait dans son cabinet avec son désespoir. Et il voyait arriver avec appréhension l'heure des repas, ces repas où il était bien forcé de se trouver en tête à tête avec sa fille et où elle abusait cruellement de ses droits de fille unique pour torturer le brave homme. Dès qu'elle l'apercevait, elle se montrait d'une gaieté folle, factice, avec des éclats de rire nerveux, sous lesquels il sentait des envies de larmes. Et il tremblait quand elle disait :

— Eh bien! votre espion de clerc, qu'a-t-il encore découvert?

— Mais rien ! Je te jure que ce n'était pas un espion... Tout ce qu'il a appris, c'était par hasard...

Un hasard qui l'avait joliment bien servi; car Louison avait su que le mariage de Frédéric était décidé, quelques

Dickson s'était levé, il vint placer ses deux poings sous le menton... (Page 92.)

heures après la demande officielle du marquis de Villepreux. On en parlait tout haut dans l'avenue du Bois-de-Boulogne; les domestiques n'avaient même pas eu besoin d'écouter aux portes; et le clerc de Florimont n'avait eu qu'à faire bavarder l'un d'eux.

Depuis ce moment, c'est-à-dire depuis deux jours, la nervosité de Mlle Louison était devenue effrayante.

Personne ne l'avait vue pleurer : dès qu'elle se trouvait en présence de son père ou de ses domestiques, elle affectait de rire, de chanter, de plaisanter sur tout. Et elle avait inventé

Elle prit un portrait de Frédéric, soigneusement caché dans son bonheur du jour... (Page 99.)

un moyen excellent pour faire enrager son père et sa femme de chambre, ces deux êtres qui ne demandaient pourtant qu'à faire ses volontés.

A Joséphine, elle disait :

— Ma pauvre fille, vous n'y êtes plus du tout; vous ne

savez plus me coiffer à la mode... Vous vieillissez... Vous m'habillez tout de travers ; je vais être forcée de vous remplacer !

Joséphine répondait furieusement :

— Je ne quitterai jamais mademoiselle !

— Oh ! mais je ne vous renverrai pas ; on vous donnera vos invalides... Il me faut une femme de chambre plus moderne...

Et à son père elle déclarait qu'elle ne voulait plus habiter sa vieille maison.

— Il me faut un hôtel, papa, un hôtel chic ! J'en ai assez de tes vieux meubles...

— Mais j'ai déjà changé tout ce que tu as voulu ! s'écriait-il désespéré.

— Et la vieille cour, peux-tu la changer ? Cette cour noire, qui sent l'humidité !

— Une magnifique cour, si bien pavée, où l'on a le soleil tout l'après-midi !

— Je veux une cour sablée, fermée seulement par des grilles, et l'hôtel au milieu, Louis XV ou moyen âge, ça m'est égal ! Et dans l'avenue du Bois-de-Boulogne ! Quand on a des millions, et j'en ai moi aussi, on ne se calfeutre point dans un vieux quartier mort, comme celui-ci.

— Je t'achèterai un hôtel, balbutiait le notaire, qui pleurait presque à l'idée de quitter sa vieille maison.

Et déjà, il avait visité plusieurs hôtels à vendre dans le XVIe arrondissement ; mais Louison voulait le sien rigoureusement dans l'avenue du Bois-de-Boulogne.

— S'il n'y en a pas à vendre, tu m'en feras construire un...

— Il faudrait un terrain !

— Tu en trouveras un. — C'est comme le vieux cheval de ton coupé...

— Mais je t'ai donné un coupé à la mode.

— Un coupé ! La belle affaire ! Je ne sortirai plus avec ce cheval... On croirait que j'arrive de province ! Et je veux un cheval de selle aussi ! Je veux monter à cheval !

Elle ne bornait pas là ses futures réformes. Toute sa garde-robe devait être changée. Elle avait fait venir une couturière, qui — par hasard, évidemment — était celle de Mlle Dickson. Et elle lui avait confié de telles commandes que la couturière avait jugé prudent de consulter le notaire avant de les exécuter.

Il avait répondu :

— Faites, faites, madame, et faites vite!

Si les toilettes pouvaient calmer sa fille!

*
* *

Ce jour-là, Louison était en conférence avec une nouvelle modiste, qui — toujours par l'effet du hasard — était celle de Mlle Dickson.

Et Louison avait commencé par la mal recevoir.

— Je vous attendais plus tôt, madame.

— Mon Dieu! mademoiselle, avait répondu la modiste, j'aurais dû venir plus tôt, en effet, vous essayer ce chapeau; mais j'ai été retenue chez moi par une affaire importante.

Louison essayait le chapeau et se trouvait ravissante; la coquetterie l'emportait momentanément sur sa colère, elle souriait. Mais tout son visage se contracta, quand la modiste dit :

— Mlle Dickson, cette riche Américaine, en a choisi un pareil!

— Ah! fit Louison enlevant brusquement le chapeau, ah! cette... Américaine?...

— C'est une de mes meilleures clientes, mademoiselle, et si vous me voyez en retard, c'est qu'elle était venue chez moi pour divers achats, et entre autres pour celui de son bouquet de mariée...

— Elle se marie donc? interrogea Louison, froissant les fleurs du chapeau.

— Oh! fit la modiste d'un air entendu, il y a longtemps qu'on en parlait; mais aujourd'hui c'est officiel...

— Et... savez-vous qui elle épouse?

— Comment! mademoiselle ne sait donc pas? Mais il n'est question que de cela dans tout Paris. Le comte de Villepreux... Ça fera un couple char...

La modiste n'eut pas le temps d'achever; Louison lui coupait brusquement la parole :

— Tenez, madame, ce chapeau ne me va décidément pas; je passerai chez vous pour choisir autre chose.

La modiste partie, Louison, qui avait eu la force de demeurer assez calme, se laissa aller à tout son emportement. Elle prit un portrait de Frédéric, soigneusement caché dans son bonheur du jour, et le déchira en menus morceaux, qu'elle piétina rageusement :

— Lâche !... Menteur !... menteur !...

C'était fini ! elle n'avait plus rien à espérer ! Et pas un mot d'explication ! Pas même une lettre pour reprendre sa parole si solennellement donnée !

Au bout d'un instant, elle descendit au bureau du notaire.

— Où est mon père ?

On lui répondit que M. Florimont avait reçu plusieurs visites qui l'avaient profondément bouleversé, et en dernier lieu celle de M. de Brettecourt ; et M. de Brettecourt et lui étaient sortis presque aussitôt.

Louison remonta chez elle en proie à une colère terrible. Elle n'avait même pas la ressource de faire une scène à son papa pour calmer ses nerfs ! Elle brisa une statuette de Saxe, que lui avait donnée la marquise de Villepreux.

Joséphine fit une tentative pour la consoler ; Louison la renvoya :

— Laissez-moi ! Je ne veux voir personne... personne !

Et elle s'enferma dans sa chambre. Là, elle eut une crise de larmes. Elle s'était jetée sur son lit, mordillait son oreiller, déchirait les dentelles de ses draps.

Quand le notaire revint et annonça qu'il attendait M. de Brettecourt et M. Jean Renaud pour dîner, la femme de chambre s'exclama :

— Ce soir, monsieur ! Mais mademoiselle n'est pas en état de paraître à table... Elle est dans un état !...

— Diable ! Diable !

Et M. Florimont hésita quelques instants, avant de frapper à la porte de sa fille.

Louison, qui guettait sa rentrée, avait rapidement réparé le désordre de son visage et de sa toilette. Et, tout d'un coup, elle ouvrit sa porte et parut.

— Bonsoir, chérie, murmura le notaire en tremblant. Je... t'apporte la moitié d'une bonne nouvelle...

— Une nouvelle ? Je la savais avant toi, père ! Moi aussi, je suis renseignée, et sans avoir eu besoin d'espions...

Elle parlait d'une voix saccadée, en s'efforçant de sourire :

— Je sais que tout est terminé, ajouta-t-elle, que c'est bien officiel...

— Mais non, chérie...

Elle voulut l'empêcher de parler.

— Comment, non? Tout Paris ne parle que de cela! Jusqu'à ma modiste qui en a la bouche pleine! Mlle Dickson épouse M. le comte de Villepreux... Le beau, le brillant, le superbe mariage!

— Frédéric...

— Ne prononce plus son nom! Je ne veux plus que personne le dise devant moi!

— Cependant, mon enfant...

— Non, non! Tais-toi! pas un mot sur tous ces Villepreux! C'est fini! Je ne veux plus les connaître... Je les ai oubliés... Ils n'existent plus pour moi...

Et les larmes venaient de la reprendre, de grands hoquets la secouaient.

— Je t'assure, ma chérie, que Frédéric était presque excusable... Écoute-moi!

— Comment! C'est toi, maintenant, qui vas défendre Frédéric?... Toi qui m'as appris à le détester!...

— Tu ne l'aimes donc plus? s'écria le notaire abasourdi.

— Moi, l'aimer! Mais je le déteste! Mais je voudrais le voir malheureux, désespéré!... Et je rirais de lui!

Pour bien affirmer sa haine, Louison essuya ses larmes et se mit à rire nerveusement.

— Tu es folle, dit le notaire en tombant accablé sur un siège. Frédéric...

— Je t'ai défendu de prononcer son nom!

— Ah! il n'y a pas moyen de te faire entendre raison! Calme-toi, je t'en supplie : M. de Brettecourt et M. Jean Renaud vont venir tout à l'heure...

— Je ne veux pas les voir!

— Tes amis?

— Ils ne sont plus mes amis! Ils m'ont abandonnée...

— Si tu savais ce qu'ils ont fait pour toi!

— Je ne veux pas le savoir... Tais-toi!... Laisse-moi!

Et, pour échapper aux supplications de son père, elle s'enferma de nouveau dans sa chambre.

Cependant, quand Brettecourt et Jean arrivèrent, Louison avait complètement dominé sa douleur; et, sans attendre qu'on la prévînt, elle se rendit au salon. Elle avait soigneusement fait sa toilette, et si habilement poudré son visage que toute trace de larmes avait disparu : ni Jean ni Brettecourt ne verraient les marques de son désespoir.

Elle les reçut de la façon la plus aimable, gaie, souriante.

— Quelle bonne surprise ! fit-elle en leur tendant la main.

— C'est nous qui nous sommes invités, dit galamment Brettecourt, pour avoir le plaisir de causer avec vous.

Elle le remercia par un sourire, puis dit à Jean :

— Monsieur le vicomte, tous mes compliments sur... sur...

— Sur mon bonheur, mademoiselle ? Je vous en dois une partie.

— Croyez-vous ? fit-elle.

Et, comme un sanglot lui montait à la gorge, elle ajouta :

— Permettez-moi de vous quitter ; j'ai quelques ordres à donner.

Et elle sortit brusquement du salon.

— Eh bien ? demanda alors Brettecourt au notaire.

— Eh bien ! mon ami, si vous comprenez quelque chose au caractère de ma fille !... Tout à l'heure, elle ne voulait vous voir ni l'un ni l'autre... Maintenant, elle vous accueille le sourire sur les lèvres...

— Pauvre enfant ! dit Jean.

— Nous allons la consoler, dit Brettecourt en riant.

Le notaire secoua la tête, d'un air de doute.

Louison reparut bientôt, très décidée à ne plus se laisser vaincre par les larmes ; et on se mit à table. Le repas n'offrit rien de spécial, sinon que la jeune fille sembla s'amuser énormément à appeler Jean Renaud :

« Monsieur le vicomte. »

Ce fut seulement après le dessert, quand il n'y eut plus de domestiques dans la salle à manger, que Brettecourt dit fort naturellement :

— Si mademoiselle Florimont voulait se préparer, nous partirions tout de suite.

— Partir ? fit-elle.

— Mais oui, répondit non moins naturellement Brettecourt, puisque nous prenons tous le thé chez Mme de Villepreux...

— Ah ! fit Louison.

Et toute sa belle assurance l'abandonna; son visage se contracta soudain ; et, d'une voix fiévreuse qu'elle cherchait à rendre méchante, elle questionna :

— Est-ce pour... complimenter Mme de Villepreux sur le mariage de... ?

Elle s'arrêta, n'ayant pas le courage de prononcer le nom de Frédéric.

— Quel mariage ? interrogea Brettecourt.

— Mais... de cette Américaine et... de... de...

— Comment! Vous aussi, vous avez cru cela? fit Brettecourt.

— Ah çà ! vous n'allez pas me tromper, vous aussi, général? Tout Paris ne parle plus que de l'alliance de cette famille américaine avec les Villepreux... Ma modiste elle-même...

— Si vous ajoutez foi à des racontars de fournisseuses !

Et Brettecourt haussa les épaules. Puis, prenant la main de Louison, il reprit, d'une voix grave :

— Ma chère enfant, vous avez le droit de savoir la vérité, et la voici.

— La vérité ! s'écria Louison qui ne pouvait dissimuler plus longtemps, c'est que vous m'avez tous abandonnée, tous ! même mon allié, M. le vicomte ! Il a sans doute pensé que M. de Brettecourt pouvait oublier les promesses de Jean Renaud !

Jean sourit, mais ne répondit rien. Brettecourt continuait :

— Mademoiselle Louison, quand on veut s'expliquer, il est indispensable de ne pas se mettre en colère. Voici la vérité. Votre cher ami d'enfance, Frédéric de Villepreux, vient de se conduire avec un héroïsme qui dépasse de beaucoup tout ce qu'il a pu faire au Tonki Il vous aimait et vous aime encore profondément; mais vous savez que son père était compromis dans de tristes affaires... L'honneur des Villepreux était engagé. Pour le dégager, on a pu croire, pendant quelques jours, que Frédéric devrait se sacrifier, sacrifier son bonheur, son amour... Heureusement, il est survenu des circonstances...

Jean adressa un regard suppliant à Brettecourt.

— Des circonstances, reprit le général, sur lesquelles je voudrais bien m'expliquer ; mais le vicomte de Brettecourt m'en empêcherait : il n'aime pas qu'on parle de ce qu'il a fait, pas plus que de ce qu'a fait Jean Renaud. Je vous dirai seulement que votre allié a rempli tous ses engagements, et au delà de tout ce que vous auriez pu espérer...

Louise regarda Jean avec stupéfaction; le vicomte baissa les yeux.

— Bref, mademoiselle, reprit le général, le nom et l'honneur des Villepreux se sont trouvés dégagés comme par enchantement : il n'y a pas que dans les contes de fées, où l'on voie des choses surprenantes. Faut-il que j'ajoute que Frédéric a repoussé alors avec horreur un mariage... qui aurait fait le désespoir de sa vie? Les millions de l'Américaine n'ont pas pesé lourd sur sa décision. Il est libre aujourd'hui, et son cœur appartient toujours à son amie d'enfance...

Louise demeurait silencieuse, comme stupide, ne comprenant pas, se demandant si tout cela était bien vrai. Elle eut une petite révolte d'amour-propre.

— Cependant, dit-elle après un long silence, ce mariage annoncé...

— Ah! ah! fit Brettecourt avec un indulgent sourire, voilà bien ce qui choque notre orgueil de jeune fille! Nous ne voulons pas rendre notre amour à celui qui avait eu l'air de donner son cœur à une autre?...

Louison baissa la tête d'un air confus.

— C'est très vilain l'amour-propre, mademoiselle; mais enfin, nous avons voulu donner satisfaction au vôtre. Sachez donc que pas un membre de la famille de Villepreux n'a parlé à qui que ce soit de ce mariage, que Mme Dickson ne l'a annoncé qu'à des fournisseurs, ce qui n'est pas bien grave, et que, lorsqu'elle a eu l'audace de vouloir l'annoncer dans un salon du vrai monde, chez la baronne de Vauchelles, quelqu'un s'est trouvé là pour lui couper la parole, et qu'elle n'a rien pu annoncer du tout...

— Vous êtes bien certain que quelqu'un...?

— Oh! très certain, mademoiselle; car ce quelqu'un, c'était moi!

XI

DERNIÈRES VICISSITUDES

Un silence glacial régnait, à cette heure, dans l'hôtel des Villepreux.

La douairière n'avait revu ni son fils ni son petit-fils.

Lorsque, après avoir reconduit Brettecourt, elle avait fait demander le marquis, Guépin était venu répondre :

— M. le marquis s'est enfermé avec M. le comte, et M. le comte a prié que personne ne les dérange.

La douairière secoua tristement la tête.

— Pauvre enfant! murmura-t-elle.

Et en soi-même elle ajoutait : « Mon fils est indigne d'un tel dévouement. »

Elle ne devinait que trop facilement ce qui se passait dans l'esprit du père et du fils : le marquis se cachait pour échapper aux reproches de sa mère, et son fils se mettait entre lui et la douairière. Fils respectueux d'un père indigne, Frédéric, malgré tout, ne se croyait pas le droit de le juger ; il trouvait même, dans son affection, des raisons pour l'excuser.

Il avait rejoint le marquis au moment où celui-ci, tête nue, comme égaré, allait sortir de l'hôtel : il l'avait tendrement pris dans ses bras, et forcé doucement à remonter au premier étage.

— Venez, père, avait-il tendrement prononcé, je ne veux pas que vous me quittiez.

Et, comme Guépin voulait entrer avec lui dans la chambre du marquis, il l'avait renvoyé brusquement : il ne voulait pas de témoins.

— Père, dit-il bien gentiment, vous allez vous reposer.

Il referma les portes, puis soigna son père comme un enfant. Le marquis grelottait, ses jambes flageolaient. Frédéric le força à s'étendre sur un canapé ; puis il alla prendre des couvertures et enveloppa Honoré, répétant :

— Reposez-vous... reposez-vous, mon bon père...

— Mon cher fils, balbutiait le marquis, tu dois penser n'est-ce pas, que j'ignorais...?

— Ne parlez plus de ces choses, mon père ; vous avez cru bien faire... Dieu a permis que nous fussions éclairés à temps ; remercions-le!

Le marquis ne parla plus. Il avait fermé les yeux, et, par moments, semblait sommeiller. Il n'osait pas regarder son fils. De temps en temps, il lui prenait les mains et les baisait en pleurant. Il était petit, lâche, devant le malheur. Et le remords, dont il avait déjà ressenti les atteintes dans la journée, commençait à le tenailler avec plus de violence.

Les dames de Villepreux s'étaient réunies dans la chambre de la douairière. Henriette les caressait tour à tour, essayant vainement d'arrêter leurs larmes, de les consoler de ce chagrin, dont on ne lui avait pas dit la cause, et qui était venu interrompre si tristement son rêve de bonheur.

A la fin de la journée, un commissionnaire apporta la lettre suivante, adressée à la douairière :

« Madame,

« Comme je l'espérais, tout est heureusement terminé. Vous n'avez plus rien à craindre pour aucun de ceux que vous aimez. Je viendrai ce soir, avec mes amis, vous dire tout mon bonheur.

« Je mets bien respectueusement à vos pieds l'hommage de ma plus vive affection.

« HENRI DE BRETTECOURT. »

Vers neuf heures en effet, le vicomte de Brettecourt faisait son entrée dans le salon de la douairière, au bras de Louison. Et M. Florimont se présentait, en arrière, très peu brave, poussé par le général. La douairière comprit la pensée de Brettecourt ; et, malgré le ressentiment qu'elle éprouvait encore contre Florimont, elle ouvrit ses bras en criant :

— Viens, ma filleule !

Et elle pressa tendrement Louison contre son sein. Puis, tenant encore la jeune fille, elle tendit la main au notaire.

— Vous m'avez fait bien inutilement de la peine, vous ! dit-elle ; mais M. de Brettecourt ne me pardonnerait pas si je ne l'oubliais pas en ce jour.

Florimont s'inclina et baisa respectueusement la main de la douairière. Il avait préparé, en route, un beau discours, pour expliquer qu'il avait eu raison en tout ; mais, au moment de le prononcer, il lui sembla qu'une marque de respect était la meilleure des explications.

Louison était passée des bras de la douairière dans ceux de sa belle-fille ; et, en ce moment, Henriette l'embrassait avec une tendresse folle.

— Et vous ! s'écria la douairière en tendant ses deux mains à Jean et à Brettecourt, vous deux, comment vous remercier ?

— Chut ! dit Brettecourt, le vicomte a très mauvais caractère : il ne permet pas qu'on parle de ces choses-là !

— Henriette, dit la jeune marquise, va prévenir ton père et ton frère.

Frédéric se rendit aussitôt à cet appel, mais seul.

— Veuillez excusez mon père, dit-il à Jean et à Brettecourt : il n'est réellement pas en état de venir vous remercier; il m'a chargé de le faire à sa place... Et je le fais de tout, tout mon cœur...

Il parlait difficilement, mais fermement; son visage était horriblement torturé. Puis, en regardant Louison et son père, il eut un grand frisson. La jeune fille courut à lui et dit bien tendrement :

— Pardonnez-moi, Frédéric; j'avais douté de vous!

Ce n'était pas pour elle qu'elle implorait un pardon, mais pour son père, qui s'était mis à trembler furieusement. Elle poussa doucement Frédéric vers lui, et les deux hommes échangèrent silencieusement une poignée de main.

Puis, Frédéric, tombant à genoux devant Brettecourt, essaya de parler. Il ne put pas et éclata en sanglots. Brettecourt le releva vivement. Il avait compris que le pauvre enfant implorait sa pitié pour son père.

— Merci !

Ce fut tout ce que Frédéric réussit à prononcer au milieu de ses larmes; Brettecourt le calmait. Enfin, Frédéric se jeta dans les bras de Jean.

— Ah! frère! frère! s'écria-t-il. Sans toi, sans ta mère, qu'aurions-nous fait?

— Tais-toi, dit Jean à voix basse; tais-toi... Ces choses ne regardent que nous. Plus tard..

— Oui, plus tard, nous reparlerons de tout cela...

Alors, Frédéric prit sa sœur par la taille et l'amena à Jean:

— Embrasse ton fiancé!

Deux cris retentirent :

— Jean!... Mon bien-aimé!

— Henriette!

Et, tandis que les deux jeunes gens s'étreignaient follement, Frédéric ajouta :

— Aime-le bien, ma sœur! Nous ne l'aimerons jamais assez!...

*
* *

Le lendemain, l'hôtel des Villepreux, ou du moins la partie qui en était habitée, avait tout un air de fête. Depuis le matin, Henriette et Frédéric disposaient des fleurs partout, dans le grand vestibule du rez-de-chaussée, dans le majestueux escalier, dans tout l'appartement.

Ce n'était qu'à contre-cœur que Frédéric avait quitté son père; mais celui-ci, commençant à se relever, lui avait dit :

— Ma chère enfant, vous avez le droit de savoir la vérité, et la voici
(Page 103.)

— Je t'en prie, laisse-moi; je me sens beaucoup mieux. Occupe-toi de bien recevoir nos amis.

Car la douairière avait voulu réunir, pour cette première journée de bonheur sans mélange, tous ceux qu'elle aimait et qu'elle considérait comme faisant déjà partie de sa famille. Et Frédéric et Henriette, oubliant peu à peu leurs angoisses, ne songeaient plus qu'à la joie de recevoir leurs amis. Par moments, Henriette disait :

— Crois-tu que Jean aimera les fleurs un peu en désordre comme cela ?

— Mais oui, sœurette... Même plus en désordre, plus éparpillées que cela ! D'ailleurs, Louison n'aime pas les bouquets qui ont l'air trop préparé...

Ils étaient interrompus parfois par la douairière, qui venait

Enfin Frédéric se jeta dans les bras de Jean : — Ah ! frère ! frère ! s'écria-t-il. (Page 107.)

examiner leur travail en plaçant gravement son face-à-main devant ses yeux, et en regardant par-dessus ; car elle avait conservé une excellente vue.

— Je ne sais pas comment vous pouvez faire pour arranger tout cela aussi gentiment, disait-elle. C'est l'amour qui vous inspire...

Et, vers midi, tous ces amis étaient réunis et bavardaient joyeusement dans la salle à manger de la douairière. Et, comme le bonheur rajeunit certainement, ils avaient tous un air de jeunesse, même les vieux. Personne n'aurait voulu croire que le général de Brettecourt avait dépassé la cinquantaine; et maman Renaud...

— Enfin, madame Renaud, s'écriait la douairière, vous allez bien nous dire votre âge?

Et tout le monde protesta quand l'aïeule affirma qu'elle marchait vers ses quatre-vingts ans.

— Soixante-dix-huit et demi, rectifia Marie Renaud. Tu es trop coquette.

Et le notaire Florimont regardait avec une pointe d'envie cette vieille encore si droite, si vivante, avec un visage où l'on voyait comme un reflet de ses couleurs passées, tandis que lui était gras, lourd, gourmand. Gourmand surtout! Et, ce matin-là, il mangeait avec un bonheur, une paix, une tranquillité qui l'avaient fui depuis bien des jours. Sa fille l'avait adorablement embrassé à son réveil, l'avait cajolé, lui avait même présenté son tabac et sa pipe et l'avait appelé : « Mon gentil petit père chéri! » Et, à toutes ses satisfactions, s'ajoutait une satisfaction de malin : sa fille serait comtesse, plus tard marquise, sans qu'il eût déboursé un centime : il bénéficiait de la générosité d'un autre. Marquise de Villepreux! On a beau tenir la noblesse pour une chose de rien, on est toujours sensible à ces choses-là.

Il ne manquait qu'un membre de la famille : le marquis de Villepreux avait prié son fils de l'excuser encore. Sans être réellement malade, il se sentait très fatigué et avait besoin du plus grand repos.

Cependant, quand Marie Renaud était arrivée avec son fils et sa grand'mère, il était debout et les avait examinées de sa fenêtre; et il avait murmuré :

— Les voici qui entrent en maîtres dans cette maison... où je ne suis plus rien!

Et, pendant le repas, tandis qu'on lui apportait des plats auxquels il touchait à peine, il ne pouvait empêcher sa pensée de revenir en arrière : il revoyait les quelques semaines qui s'étaient écoulées après la mort de son frère, ses sourdes et infâmes machinations, la découverte de Marie Renaud, le petit appartement de la place des Vosges, et son odieux mensonge... Il revoyait les deux femmes... Et, s'il n'avait point voulu paraître au déjeuner, c'est qu'il avait eu peur de se trouver en face d'elles, surtout de l'aïeule. Pourtant, il faudrait bien qu'il la vît un jour : ils étaient destinés à passer le reste de leur existence en face l'un de l'autre.

— Mais, bah! s'écriait-il, pour se donner du courage, est-ce que cette bonne vieille se souviendra seulement de moi?... Et puis, elle doit être si flattée d'être reçue ici!... Je ferai sa *conquête en dix minutes.*

Après le repas, il se décida tout d'un coup; il rafraîchit son visage avec du vinaigre, et se rendit au salon. Il n'y trouva personne. Entendant du bruit au-dessous, il alla vers l'escalier et écouta. On ouvrait des portes avec difficulté; et c'étaient des cris, des admirations :

— Que c'est beau! Que c'est grand!

Honoré eut un amer sourire :

— Maman se décide à rouvrir son rez-de-chaussée, que je l'avais forcée à fermer autrefois...

Puis, un haussement d'épaules; et il regagna le salon et attendit. Quelques instants plus tard, la douairière, maman Renaud, Marie et Brettecourt l'y rejoignaient. — Les jeunes gens étaient restés au rez-de-chaussée avec la marquise et le notaire, faisant déjà des projets pour la grande fête qui aurait lieu, dans ces salons, le soir de la signature des contrats. Louison avait décidé que des deux soirées on n'en ferait qu'une : son petit amour-propre préférait l'hôtel des Villepreux au sombre appartement de son père. Ils bavardaient tous à la fois; et Louison, à chaque instant, éclatait de rire sans motif.

Cela les empêcha d'entendre le cri terrible que poussa maman Renaud à la vue d'Honoré...

La douairière, très troublée, s'empressa de dire :

— Madame, je vous présente mon fils, le marquis de Villepreux.

— Madame!... bégayait Honoré.

— Ah! monsieur est marquis? fit maman Renaud d'une voix sifflante. Eh bien! quand je l'ai connu, il s'appelait tout bonnement Berthier... *Je ne vous ai vu qu'une fois dans ma* vie, monsieur; mais, j'aurais beau avoir perdu les yeux, je vous reconnaîtrais au son de votre voix, cette voix qui nous a dit tant de mensonges, là-bas, dans notre pauvre logement de la place des Vosges... Mais vous devez me reconnaître aussi, je pense?... Mais répondez donc! Parlez donc!

Honoré s'était rejeté en arrière; et, collé contre le mur, il demeurait sans paroles, fixant ses yeux glauques sur maman Renaud.

— Maman! maman, tais-toi! s'écriait Marie, d'une voix suppliante. Tais-toi, je t'en supplie!

— Non, non! prononça la douairière avec autorité; parlez, madame!

Et maman Renaud, regardant alternativement Honoré et la marquise, son bras étendu vers le misérable, terrible malgré sa vieillesse, bien semblable à une justicière, continua :

— Oui! je parlerai!... Ma fille vous avait reconnu, évidemment... Et elle espérait que je vous aurais oublié... Elle est si bonne! Elle vous pardonnait; je devine tout cela maintenant... Mais moi, je ne suis pas bonne comme elle, et je veux que justice s'accomplisse! J'hésiterais peut-être, si vos enfants étaient présents; mais votre mère a le droit comme le devoir de vous juger...

Maman Renaud respira un peu, puis leva et jeta son bras vers le marquis comme pour le foudroyer, et :

— Madame la marquise, sachez que ma fille était aimée par un homme aussi beau, aussi bon que celui-ci est indigne... Et, un jour, ma pauvre fille étant enceinte, celui-ci vint nous trouver et nous annoncer que sa mère était morte... Mensonge!... Et pour nous faire quitter Paris, où notre présence devait sans doute le gêner, il osa nous offrir de l'argent... De l'argent, à nous!... Nous quittâmes Paris, cependant : il fallait bien nous en aller au loin, nous habituer à notre honte... Eh bien! j'ai cruellement souffert, j'ai pleuré des mois entiers; mais tout s'efface en ce moment, tout s'efface parce que je viens de découvrir que l'homme aimé par ma fille ne nous avait pas trompées : il était bien tel que je l'avais jugé tout d'abord, incapable de rien faire de mal... Et moi qui m'étais mise à le détester, à le maudire!... Cher Jean, toi que nous aimions si tendrement, si tu ne revenais pas, c'est que tu étais mort...

Elle fut interrompue par un sanglot qui lui serra tout à coup la gorge. Et, en ce moment, la douairière tout en larmes s'élança vers Marie Renaud et l'embrassa avec la plus folle tendresse.

— Marie!... ma fille!... Vous, la femme de mon Jean bien-aimé!... Et Jean est son fils... Et vous me cachiez tout cela!...

— Nous espérions ainsi vous cacher à jamais la conduite

Honoré, prononça Brettecourt à voix basse : la noble femme, que votre fils a aimée, s'était juré de ramener chez vous le bonheur et la paix.

— Vous aviez pitié d'un homme qui ne le méritait pas, déclara sévèrement la douairière.

Et elle jeta un regard méprisant à Honoré, qui peu à peu avait glissé jusqu'à terre et tremblait fébrilement, les yeux comme morts, les lèvres décolorées...

Cependant, maman Renaud était épouvantée par ce qu'elle avait fait. Et sa colère était vite tombée...

Peu à peu, Honoré se releva et fixa un regard suppliant sur Marie Renaud et sur Brettecourt. Tous les deux, sans hésiter, allèrent vers lui et lui tendirent la main. Il serra vivement la main à Brettecourt, puis, s'emparant de celle de Marie Renaud, la couvrit de ses larmes. Il se dirigea ensuite vers maman Renaud et bégaya quelques paroles confuses, au milieu desquelles se détachait le mot de pardon. Maman Renaud ne sut pas répondre. Déjà Honoré l'avait quittée et s'agenouillait devant sa mère. Il n'eut pas la force de prononcer une parole. Il éclatait en sanglots. La douairière eut un moment de colère terrible.

— Je devrais vous chasser de cette maison...

Mais elle vit les yeux de Marie Renaud et de Brettecourt qui l'imploraient. Et d'une voix amère, elle dit :

— Je vous pardonne pour l'amour de votre frère ; je vous pardonne parce que le comte de Brettecourt le veut ; je vous pardonne pour l'amour de cette adorable femme, que mon fils a aimée, et que j'aimerai toute ma vie comme la meilleure des filles... Marie!

— Ma chère mère!

— Et vous! s'écria la douairière en tendant la main à maman Renaud. Ah! nous ne nous quitterons plus!

Brettecourt avait relevé Honoré et l'entraînait. Le malheureux était fini.

Et le général le ramena, tout chancelant, dans sa chambre : Il s'attendait à une dernière scène, à des reproches sanglants de la part de cet ami, qui avait si passionnément aimé son frère. Il ne pouvait croire qu'on lui pardonnât pleinement ses méchancetés ; il se sentait si indigne de pitié!... Et Brettecourt, avec une bonté parfaite, l'aidait à s'étendre, le soignait affectueusement, l'appelait « mon ami ». Pour cette âme d'élite, le pardon une fois donné, tout était fini, tout le pass était oublié. Il ne voulait plus voir dans le marquis qu'u homme malheureux, un homme à consoler. Tout, en cett journée, devait être apaisement.

Une fois le marquis étendu sur son canapé, il lui prit le mains et les serra affectueusement.

— Ah ! c'est trop ! c'est trop ! murmurait le marquis.. Tant de bonté m'accable... Mieux vaudrait être mort !

— Vous devez vivre et vivre heureux, pour que rien n trouble le bonheur de ceux qui vous aiment, dit gravement Bret tecourt. Oubliez le passé, comme ils l'oublient eux-mêmes..

— Vous oubliez, vous ! Marie Renaud veut oublier aussi mais... ma mère !

Comme il prononçait ces mots, la porte s'ouvrit et la douai rière parut. Honoré se rejeta en arrière, épouvanté par l regard terrible de la vieille marquise.

— Henri, dit-elle, ces enfants vous réclament ; allez le retrouver ; je vais prendre votre place auprès du marquis.

Et, tandis que Brettecourt se retirait, la douairière s'install devant Honoré, sans lui adresser la parole ; elle cherchai simplement à rendre son visage moins dur, son regard moin sévère. Honoré la suivait des yeux, espérant d'elle quelque mots affectueux comme de Brettecourt. Un long moment s passa ainsi. Puis Honoré balbutia alors :

— Ma mère?...

La marquise le regarda à peine.

— Que voulez-vous, monsieur?

Il tendit ses mains vers elle et, d'une voix mouillée d larmes, supplia :

— Oh ! appelez-moi votre fils !

Que se passa-t-il alors dans l'âme de la douairière? Crut- elle obéir à une inspiration venue de son fils aîné? Ou obéit- elle simplement à son cœur de mère? Elle fut toute remuée, d'une émotion presque nouvelle pour elle... Il y avait tant d'années qu'elle ne l'avait ressentie ! Ses entrailles tressaillirent pour cet enfant qu'elle avait porté. Il n'y avait plus là un juge et un coupable, mais une mère devant son fils horriblement malheureux.

— Mon fils ! s'écria-t-elle.

Et elle lui ouvrit franchement ses bras. Il s'y précipita, et sanglota longuement sur la poitrine de la douairière. Elle le serrait nerveusement, se disant qu'elle retrouvait son fils, qu'elle venait de le reconquérir sur le mal...

XII

CONTRATS DE MARIAGE

Quinze jours s'étaient à peine écoulés qu'on ne parlait plus, dans la société parisienne, de la rupture du projet de mariage de Mlle Dickson avec le comte de Villepreux. Un mariage rompu!... C'est chose si banale... Le projet d'union entre le comte de Villepreux et miss Edith Dickson devenait de l'histoire ancienne et faisait place à de nouveaux potins, d'autant plus que, tous ceux qui avaient été mélangés à ce drame intime, vivant dans une retraite absolue, personne n'avait l'occasion de les voir, de les interroger, de prononcer devant eux quelqu'une de ces phrases venimeuses qui font tant de mal.

Chez les Dickson, cette retraite s'expliquait tout naturellement par le besoin d'un peu de repos avant l'ouverture de la prochaine saison. Baradoux, facilement rentré en grâce auprès de ses amis, à qui il avait trouvé moyen d'expliquer sa conduite de la façon la plus naturelle, les dirigeait de nouveau; et ils étaient bien obligés de lui obéir encore aveuglément : seuls, ils ne se seraient jamais relevés d'un tel désastre, et déjà Baradoux leur faisait entrevoir un nouvel avenir encore plus beau que celui qu'ils avaient rêvé : il parlait, maintenant, de faire d'Edith une duchesse sinon une princesse.

Chez les Villepreux et leurs amis, le besoin de la retraite, de l'intimité, était si grand que ce genre de vie avait été adopté spontanément sans que personne en eût fait la proposition. On avait seulement convenu que, par égard pour la douairière, on se réunirait souvent à l'hôtel de la rue Saint-Dominique. Et ce « souvent », c'était tous les jours. La vieille demeure était assez vaste pour contenir les trois familles.

Dès le matin, Jean Renaud et Mlle Louison arrivaient de bonne heure. Henriette et Frédéric les attendaient dans les beaux salons du rez-de-chaussée qui étaient devenus leur domaine. Et Louison annonçait avec majesté :

— Monsieur le vicomte de Brettecourt.

Et Jean disait à son tour en riant :

— *Madame la comtesse de Villepreux.*

Puis, les amoureux passaient leur matinée à combiner leurs graves projets. Déjà Louison avait fait porter à l'hôtel de Villepreux ses plus jolis meubles, des canapés, des bergères de ce délicieux XVIIIe siècle. On les avait placés dans le grand salon, où ils semblaient perdus. Et c'est là que les quatre amoureux tenaient leurs conférences, qui se transformaient bien vite en quatuor d'amour.

Quant aux démarches officielles qu'exigent les mariages, ils n'y songeaient même pas. On s'en était chargé pour eux. La réunion des papiers, la publication des bans, les autorisations à obtenir du ministre de la guerre, c'était l'affaire de Brettecourt. La rédaction des contrats regardait maître Florimond.

L'après-midi, ou tout au moins vers le dîner, Marie Renaud arrivait avec sa grand'mère. Et bientôt, elles étaient rejointes par le général et le notaire. Et alors, c'était des soirées charmantes et de bonheur infini.

— Nous avons assez souffert, disait Louison. Rattrapons-nous !

Il y avait une seule ombre à ce tableau : le marquis baissait effroyablement. En quelques jours, il avait vieilli de plusieurs années. L'homme cassant, autoritaire, impertinent, qu'il avait été, n'existait plus. Il semblait un pauvre être, souffreteux, fini. Sa taille jadis si raide se courbait. Son visage se plissait, tombait. Et parfois son intelligence s'endormait. Il lui arrivait d'écouter les conversations sans les comprendre. Ou bien il oubliait les choses qu'on avait dites la veille. Parfois aussi, pour peu qu'on parlât de choses anciennes, il s'imaginait qu'on lui adressait des reproches, et il courbait la tête. Les explosions continuelles de tendresse de sa mère et de sa femme pour Marie Renaud et pour maman Renaud lui causaient les plus cruelles souffrances. C'est alors qu'il sentait le plus vivement qu'on ne pouvait plus l'aimer, jamais, et que le seul sentiment qu'il fût en droit d'attendre de tous les siens, c'était un peu de pitié.

Et, cependant, toutes ses tortures étaient imaginaires.

Aucun des siens n'avait les pensées qu'il leur prêtait. Personne ne lui faisait sentir jamais à quel point il avait été coupable. On ne songeait qu'à l'entourer de soins, parce qu'on le voyait malade et malheureux. Son fils et sa fille avaient pour lui les plus délicates tendresses.

— Ils agissent ainsi par devoir, se disait-il, et non par amour.

A la fin de sa vie, cet effroyable égoïste, qui n'avait jamais aimé personne, souffrait surtout de la pensée qu'il n'était pas aimé. Ni les caresses de ses enfants, ni l'affection que lui témoignait maintenant sa mère, ni le pied de bonne amitié sur lequel le traitait Brettecourt, ni l'amabilité cordiale de Marie Renaud et de son fils ne pouvaient lui arracher de la tête cette pensée continuelle, fixe, qu'on le trouvait de trop, qu'on devait attendre sa mort avec impatience. Il portait sa punition en soi-même, un remords effroyable qui ne lui laissait ni trêve, ni repos.

Une seule personne ne lui avait pas entièrement pardonné : le notaire Florimont ! Le digne officier ministériel trouvait qu'on était beaucoup trop bon pour ce viveur; et, si cela n'avait tenu qu'à lui, il lui aurait fait sentir souvent qu'on n'oubliait pas le mal qu'il avait causé. Mais le notaire, qui avait des accès de bravoure et d'indépendance lorsqu'il était tout seul dans son cabinet, redevenait l'homme le plus doux de la terre dès qu'il était en présence de sa fille. Et sa fille n'admettait pas qu'on manquât d'égards envers son futur beau-père. C'est elle qui, par sa gaieté, parvenait quelquefois à arracher le marquis à sa tristesse. Elle n'avait pas de mérite à cela : son fiancé la récompensait si gentiment !

Enfin, Brettecourt annonça que toutes les démarches étaient accomplies, tous les papiers en règle et qu'il n'y avait plus qu'à procéder à la consécration du bonheur des quatre amoureux.

— Et à la signature des contrats ! prononça Florimont en se frottant les mains.

Il était très fier de ces contrats, principalement de celui de sa fille, où il avait appliqué le régime dotal dans toutes ses beautés : c'était sa petite revanche contre Frédéric. Mais il avait compté sans Louison.

Et, le soir où, devant les trois familles réunies, il essaya de lire, en bredouillant, le contrat de sa fille, celle-ci l'arrêta net :

— Pardon, papa ! Qu'est-ce que c'est que ce contrat ?

— *Mais c'est le tien, parbleu!*

— Tu dois faire erreur, papa...

— Et pourquoi?

— Parce que je ne me marie pas sous le régime dotal...

— Mais, ma fille!...

— Papa, je ne connais pas grand'chose à tes grimoires de lois; mais je sais, pour te l'avoir entendu dire assez souvent, qu'avec le régime dotal, on ne peut pas toucher à un sou de sa dot, et je veux être, et je veux que mon mari soit maître de ma fortune. Il faudra recommencer ce contrat, mon petit père chéri.

Le pauvre Florimont fut abominablement décontenancé; mais il le fut encore davantage lorsque Jean Renaud déclara *que son contrat à lui ne lui plaisait pas non plus.* C'est que Florimont avait complètement « sabré » la famille de Villepreux. Dans le projet de Florimont, Frédéric et Henriette étaient abominablement sacrifiés.

En vain le frère et la sœur, soutenus par la douairière, essayèrent-ils de résister à la volonté de Jean et de Louison et de se désintéresser des questions d'argent; Jean, parlant au nom de Louison comme au sien, fit la déclaration suivante:

— Des contrats ainsi rédigés sont une source d'ennuis pour les familles. Il ne plaît pas à mon amie Louison, pas pas plus qu'à moi, de signer des clauses qui sont blessantes pour ceux que nous aimons.

Florimont faisait d'affreuses grimaces.

— *Ainsi donc,* reprit Jean Renaud, nous nous marierons tout bonnement comme de simples gens qui sont entièrement l'un à l'autre, sous le régime de la communauté. Et voici comment seront réglées les questions d'intérêt que vous avez développées en beaucoup trop de pages, mon cher monsieur Florimont...

— Mais, mon enfant, s'écria la douairière, c'est moi qui ai donné toutes ces indications à Florimont: je veux, par votre contrat avec Henriette, vous reconnaître comme propriétaire de cet hôtel; c'est la seule façon dont nous puissions nous acquitter...

— Chut, grand'mère! chut! ceci ne regarde que Frédéric et moi. Obéissez-moi! Si vous saviez comme j'ai mauvais caractère!... Voici ma volonté! Votre hôtel ne cessera de vous appartenir qu'à votre mort. Alors seulement, il sera à

Frédéric et à moi, et nous déciderons, en bons frères, de la destination qui devra lui être donnée...

— Vous voulez donc que je meure? fit la douairière en souriant.

— Ah! grand'mère, vivez cent ans!

— J'espère bien que nous les dépasserons! déclara tranquillement maman Renaud.

— Quant à cette dette, à laquelle vous faisiez allusion, grand'mère, je ne veux plus qu'il en soit question avant bien des années... à l'époque où mademoiselle Louison aura toute la fortune de son père... Là, vous voyez, *monsieur Florimont*, que nous vous tuons, vous aussi, et que, sans être notaire, nous savons aussi prévoir l'avenir. Louison et moi, nous avons tout prévu. Et, pour nos installations respectives, voici ce que nous avons convenu: Louison s'installe ici, c'est son droit de comtesse de Villepreux, et remeuble tous les salons. Moi, j'installe ma femme dans mon petit logis de la rue Fortuny...

— Petit logis! fit Henriette en souriant.

— Vous êtes riche, monsieur Florimont, continuait Jean, ma mère me gagne une grosse fortune: nos situations seront donc à peu près égales. — Quelqu'un a-t-il des objections à présenter contre ces nouveaux projets?

— Mais, *monsieur le vicomte!*... commença le notaire.

— Papa! prononça Louison, de sa voix la plus autoritaire.

Frédéric et Henriette tendaient la main à Jean, en le remerciant de sa générosité, toujours si délicate.

— Mais nous ne pouvons accepter! disaient-ils.

— Alors, je ne me marie plus! déclara Jean avec entrain.

Marie Renaud dit:

— Obéissez à Jean, mes enfants. Il a un peu le droit de commander ici.

— C'est vrai! dirent en même temps la douairière et la jeune marquise. Nous devons lui obéir.

Elles s'inclinaient devant lui comme elles l'eussent fait devant Jean de Villepreux. Brettecourt s'avança et, tapant sur l'épaule de son fils adoptif:

— Bien, Jean! Très bien! Personne n'a jamais mieux porté que vous le nom de Brettecourt.

C'est ainsi que maître Florimont fut obligé de déchirer les beaux contrats qu'il avait si soigneusement rédigés et que, malgré toutes les objections qu'il put soulever les jours suivants, il fut non moins obligé d'en rédiger de nouveaux sous la dictée du vicomte de Brettecourt.

Et, une fois tout bien réglé, Louison fut tout à coup prise d'un accès fou d'activité. Elle manda le célèbre Jansen et lui dit :

— Je veux qu'en huit jours les salons de ma belle-mère,

Honoré s'était rejeté en arrière et collé contre le mur... (Page 111.)

la marquise de Villepreux, aient repris leur ancien éclat.

Et elle fit une commande extraordinaire de tentures, de sièges, de meubles, de tapis, de statues, de tableaux. Elle n'espérait pas en une semaine rendre leur véritable physionomie à ces beaux salons; mais elle voulait tout au moins les orner, les rendre dignes de la famille de Villepreux, dont elle allait faire partie. Cette fois, le notaire s'emporta et adressa une verte semonce à sa fille.

— Tu veux donc me ruiner?

Louison ne se troubla aucunement. Elle dit, de sa voix la plus douce :

— Tu as donc oublié l'article VIII de mon contrat? « L'hô-

Celui d'une jeune femme, à peine dissimulée dans l'ombre d'un pilier... (Page 124.)

tel de Villepreux sera entièrement remeublé par les soins de la nouvelle mariée... »

— Eh! nous avons bien le temps de le remeubler! On cherchera... On trouvera des occasions... On paiera meilleur marché...

Mais Mlle Louison, future comtesse de Villepreux, trouvait de tels calculs indignes d'elle.

Et, à son tour, elle fit une scène à son père, mais froide, ironique.

— Dis-moi, papa, à combien s'élève ma fortune?

— Ta fortune?

— Celle de ma mère, si tu préfères. Je sais que je n'ai encore aucun droit sur ta fortune à toi ; mais celle de maman est à moi, je pense? Je ne demande qu'à la laisser entre tes mains, mais je ne veux plus d'objections à mes volontés.

Depuis cette explication, Florimont ne contraria plus les projets de sa fille. Il fit la part du feu, comme il disait. Il essayait simplement de faire croire à Louison qu'elle était moins riche qu'elle ne l'était en réalité et enrayait ainsi ses goûts de dépense. Au fond, la fille du notaire n'était pas une folle dépensière; mais elle était un peu surexcitée par l'exemple de Jean Renaud et voulait se montrer aussi grande, aussi généreuse que lui.

Comme à Paris, avec beaucoup d'argent, rien n'est impossible, il suffit à Jansen d'une dizaine de jours pour rendre à peu près à l'hôtel de Villepreux son lustre d'autrefois. Faisant contre mauvaise fortune bon cœur, Florimont surveillait les achats et ne laissait jamais échapper une occasion de gagner quelque billet de mille à sa Louisette.

Pendant ce temps, Jean et Frédéric s'occupaient d'une partie à laquelle le notaire n'entendait rien : ils remontaient les écuries. Frédéric se serait contenté de peu de chose; juste le nécessaire : un cheval de selle pour sa femme, le sien et deux chevaux d'attelage; mais le vicomte de Brettecourt était décidément très entêté. Il voulait que les écuries fussent en rapport avec la magnificence de l'hôtel. Et, à la moindre objection, il déclarait :

— C'est mon cadeau de noces.

De sorte que les douze boxes de l'écurie si bien organisée jadis par Jean de Villepreux, reçurent les douze chevaux réglementaires. Marie Renaud poussait elle-même son fils à la dépense.

— Prends sans compter, lui disait-elle.

Ils honoraient la mémoire du mort, certains que, d'en haut, il assistait à tout et les remerciait des gâteries prodiguées aux siens.

Quand tout fut enfin terminé, les journaux apprirent aux Parisiens que le mariage du comte Frédéric de Villepreux et de mademoiselle Louise Florimont et celui du vicomte de Brettecourt et de mademoiselle Henriette de Villepreux seraient célébrés, le même jour, en l'église de Sainte-Clotilde. Jean et Frédéric se plaignirent de cette indiscrétion. Mais Louison les arrêta aux premiers mots :

— C'est moi qui suis la coupable! C'est moi qui ai envoyé la note aux journaux.

Elle avait voulu apprendre au monde entier et, par la même occasion, à miss Edith Dickson, qu'elle devenait comtesse de Villepreux. M. Florimont eut l'air de blâmer sa fille; mais, au fond, il était enchanté de faire savoir lui aussi, au monde entier, qu'il allait avoir un comte de Villepreux pour gendre.

Quand Marie Renaud vit son fils agenouillé auprès d'Henriette de Villepreux, dans la nef de Sainte-Clotilde, elle eut une telle émotion qu'elle faillit s'évanouir. Le général de Brettecourt la soutint par ces seuls mots :

— *Notre* enfant est donc heureux!

Il sembla à Marie Renaud que ce n'était plus Brettecourt qui parlait. Elle crut entendre la voix de Jean de Villepreux. Et ce n'était pas la première fois qu'elle éprouvait une sensation pareille. Brettecourt s'identifiait de plus en plus, dans son esprit, avec celui dont il avait si noblement pris la place, pour donner un grand nom à son enfant.

La cérémonie fut très brillante et tout animée d'une délicieuse atmosphère de bonheur. Puis, soit à la sacristie, soit dans les salons de l'hôtel de Villepreux, les plus illustres familles de France défilèrent, pour complimenter les jeunes époux. Tout le monde était véritablement heureux de leur bonheur. Il est si rare de voir l'amour, la richesse et la gloire réunis dans les alliances de ce siècle, où tout semble devoir être sacrifié à l'argent! Personne ne les envia. Personne ne leur serra la main qui ne souhaitât réellement de les voir à jamais heureux.

Le marquis était naturellement bien effacé. Il avait retrouvé un peu de courage pour assister à cette journée, que tous les siens avaient le droit de considérer comme une journée de triomphe. Il eut l'air de s'associer pleinement à leur joie. Mais il parla très peu. Il demeura dans l'ombre de ses enfants.

Maman Renaud, qui souvent s'était reproché d'être la cause de l'abattement du marquis, le remarqua ce jour-là plus que de coutume. Et, dans sa nature bonne et simple, elle résolut de faire quelque chose pour réparer ce qu'elle appelait son coup de folie. Elle prit maître Florimont à part et lui dit :

— Maintenant que vous allez être libre, je vous demanderai de me consacrer un peu de votre temps.

Comme le notaire s'étonnait et lui disait galamment :

— A votre âge on ne fait pas encore son testament !

— Il ne s'agit pas de testament ! répliqua-t-elle d'un ton très enjoué ; je n'ai pas le moins du monde envie de mourir. Mais j'ai tout un projet à exécuter et vous m'y aiderez.

— Lequel ?

— Nous en parlerons dans quelques jours.

Le soir, quand Jean Renaud, fou de bonheur, conduisit sa femme dans son joli hôtel, Henriette, avant d'en franchir le seuil, lui dit gravement :

— Jean, vous pardonnez bien à mon père ce qu'il vous a fait souffrir ?

Jean l'entraîna passionnément dans son salon et se mit à genoux devant elle.

— C'est ici, dit-il, que j'ai lu cette malheureuse lettre, ici que j'ai failli perdre tout courage...

Henriette se baissa et, serrant follement son cher époux sur son cœur, effaça, par la plus ardente caresse, jusqu'au souvenir de ce qu'il avait souffert.

XIII

HÉROS DE ROMAN

Si Louison avait été moins absorbée par son bonheur le jour de son mariage, elle aurait remarqué, en entrant à Sainte-Clotilde, un spectacle qui eût évidemment encore ajouté à sa joie : celui d'une jeune femme, à peine dissimulée dans l'ombre d'un pilier, et qui n'essayait même pas de cacher ses larmes.

Cette jeune femme, ou plutôt cette jeune fille, était miss Edith Dickson.

Jusqu'à ce jour, elle avait conservé comme un vague espoir que tout n'était pas fini; elle se refusait à croire que ses ambitieuses espérances se fussent à jamais envolées. Et, tout en répétant à ses parents qu'elle méprisait Frédéric et qu'elle était ravie de ne l'avoir pas épousé, elle avait encore de terribles moments de rage contre lui et contre Mlle Florimont. Mais aujourd'hui, bien accablée, elle était venue, secrètement, presque honteusement, assister à leur mariage: elle s'était habillée avec une extrême simplicité, à peu près comme une ouvrière, supposant bien que, sous ce costume, personne ne s'aviserait de reconnaître la riche miss Dickson.

Personne, en effet, ne la reconnut, et elle put s'abandonner tout à son aise à son désespoir. Jamais Frédéric ne lui avait paru plus beau que ce jour-là.

— Ah! je l'aurais pourtant bien aimé! murmura-t-elle.

Mais tout était inutile désormais, tout était bien fini. Elle n'avait plus qu'à s'incliner devant la fatalité et suivre les conseils de Baradoux. Elle attendit que tout le monde fût sorti de l'église, puis s'en alla, réellement malheureuse, esseulée, ne se doutant pas que son père et Baradoux la suivaient à une légère distance. Il lui arrivait maintenant de sortir assez souvent seule; et les deux hommes se relayaient pour la surveiller, quand ils ne le faisaient pas ensemble, dans la crainte de quelque coup de folie. Ils avaient eu peur, surtout ce jour-là, quand ils l'avaient vue se diriger, ainsi accoutrée, vers Sainte-Clotilde. Et ils respiraient.

— Elle est décidément raisonnable, dit Baradoux.

— Plus que je ne l'aurais cru, répliqua Dickson.

— Il est temps de lui donner un autre mari pour la consoler définitivement.

— Mais c'est votre affaire, cela, monsieur Baradoux.

— Patience, monsieur Dickson! Je vous ai promis quelque chose de mieux qu'un Villepreux; je tiendrai ma parole.

Quand Dickson rentra chez lui, il trouva sa femme et sa fille en conférence avec une nouvelle couturière. L'ancienne, celle devant laquelle on avait eu la sottise d'annoncer le mariage de la jeune fille, n'était naturellement plus bonne à rien. Et de même pour la lingère et pour la modiste...

Cette conférence de toilette fut très longue ; elle arrivait à propos pour distraire miss Edith de ses ennuis. Dickson s'amusa à y assister, poussant lui-même sa fille à la dépense, n'hésitant pas à offrir un prix double, d'une robe qui plaisait à sa fille, pour que personne, à Paris, n'en eût de pareille.

Il essayait de consoler Edith en l'éblouissant par sa générosité. Et, tandis que la couturière se retirait, il lui fit mille recommandations, aussi galant qu'un amoureux qui commande des toilettes pour sa *maîtresse*.

Pour la première fois depuis un mois, Edith lui sourit de bon cœur et l'embrassa gentiment. Il en fut ému ; et, voulant prolonger cette bonne impression, dit :

— Je crois que tu n'es plus satisfaite de ta jument *Nadia?*

La jument *Nadia*, jusqu'alors la bête favorite de miss Edith, ne pouvait plus convenir à la jeune fille, parce que, depuis un mois, elle lui demandait trop : tous les matins, elle montait et s'en allait chevaucher par le Bois, comme une folle, sans un instant de répit, toujours ventre à terre. La bête était rendue.

— Eh bien ! poursuivit son père, si tu veux, nous irons au Tattersal ; il y a aujourd'hui une belle vente...

— Oh ! oui, papa, je veux bien.

En soi-même elle pensait :

« Il est vraiment gentil, papa... Et moi qui me montre si désagréable avec lui !... »

Et elle trouva qu'il dépassait vraiment les bornes de la gentillesse, quand, au milieu de cette vente, il lui acheta, au prix de huit mille francs, une bête superbe, que tous les amateurs se disputaient, une jument nommée *Vanda*.

Toute la soirée, il ne fut question que de cette nouvelle acquisition, qui avait été immédiatement amenée à l'hôtel. Edith alla, avec son père, l'examiner à l'écurie, la caresser, lui donner du sucre.

— Oh ! qu'il me tarde d'être à demain, disait la jeune fille, pour pouvoir la monter !

Elle s'étourdissait par cette nouvelle préoccupation.

Le lendemain, vers huit heures, l'Américain et sa fille chevauchaient vers le Bois. Le père, assez médiocre cavalier, montait une bête quelconque, solide et douce, avec laquelle il n'y avait pas à redouter le moindre emballement.

Edith était dans la joie. Excellente écuyère, elle était

obligée de déployer toute sa science et toute son énergie pour maîtriser sa nouvelle monture, qui était vraiment une bête de race. A chaque instant, elle prenait les devants, un peu malgré elle, et son père commençait à s'inquiéter. Il trouvait la jument dangereuse. A l'entrée de l'allée des Acacias, la bête se cabra tout d'un coup. Une écuyère moins expérimentée eût été désarçonnée sans nul doute. Edith domina sa monture en riant aux éclats et se moqua même de son père, quand celui-ci lui communiqua ses craintes.

— Ah! papa, c'est si amusant!

Tous les cavaliers qui la croisaient trouvaient aussi que c'était amusant, avec l'égoïsme de gens qui voient une bête mauvaise montée par d'autres que par eux. Soudain, *Vanda* fit deux tours sur elle-même; puis, comme Edith l'éperonnait, elle partit vers la cascade à une allure exagérée. De l'allure exagérée, elle passa à une allure désordonnée. Dickson essayait de la suivre. Son bon gros cheval normand n'était pas de taille à soutenir un train pareil. Bientôt, on vit qu'Edith cherchait à retenir sa bête sans y réussir... *Vanda* était emballée...

— Ma fille! cria l'Américain, ma fille!...

Tout un peloton de cavaliers s'était élancé à sa poursuite: mais Edith les dépassait au moins d'une cinquantaine de mètres. Au moment où elle passait devant le croisement d'une allée transversale, la jument fit un écart. Edith se cramponnait à la selle, comme éperdue. Puis, la bête fit un bond en avant et repartit plus folle que jamais.

Alors, on vit apparaître, arrivant par l'allée transversale, un beau cavalier qui jeta un coup d'œil en arrière, puis en avant. Dickson criait toujours, pressant son cheval:

— Ma fille!... Ma fille!...

A chaque bond de *Vanda*, il croyait qu'il allait voir Edith se briser contre un arbre. Le cavalier comprit ce qui se passait; il fit un signe tranquille de la main, comme pour rassurer l'Américain, et il s'élança à la poursuite d'Edith. Pendant quelques instants, les spectateurs de cette scène se demandèrent avec anxiété s'il parviendrait à l'atteindre. Son cheval était bon; mais pourrait-il lutter contre une bête emballée? Edith arrivait à l'endroit où l'allée des Cavaliers s'incline tout à coup pour se terminer brusquement. La mort l'attendait là, sûrement.

Le cavalier inconnu parvint enfin à la rejoindre, mais seulement à une dizaine de mètres de cet endroit. Quelques bonds de plus, et elle était perdue. Il saisit vigoureusement les rênes de *Vanda* et donna un coup brutal. La bête n'eut qu'une seconde d'arrêt. Mais cela avait suffi.

Saisissant Edith par la taille, l'inconnu l'avait enlevée de sa selle. *Vanda* reprit aussitôt sa course échevelée et, s'embarrassant dans les rênes qui flottaient, alla rouler à quelques mètres. Dickson arrivait. L'inconnu tenait dans ses bras la jeune fille évanouie.

Edith avait eu à peine le temps de le voir, dans cette minute d'exaltation que cause un acte de courage et où l'homme le plus laid semblerait beau. Et, comme celui-ci était déjà naturellement beau, il lui avait paru divin. Puis, elle avait perdu connaissance.

— Ah! monsieur!... Ah! monsieur! bégayait Dickson profondément ému... Ma fille!... ma chère fille!...

Le cavalier, délicatement, remettait Edith entre les bras de son père. Une petite foule se formait déjà autour d'eux. Des gardes arrivaient. Un d'eux amenait même un aide-major, qui faisait sa petite promenade au Bois... Dickson avait étendu Edith contre un arbre et la dégrafait maladroitement. Le médecin l'aida; et bientôt Edith rouvrit les yeux.

— Tout va bien, dit le médecin.

Dans la foule on ne s'entretenait que de l'acte de courage accompli par cet inconnu, que pas un des habitués du Bois ne se souvenait d'avoir vu.

Edith commençait à parler. Ses premières paroles furent :

— J'étais perdue, quand il m'a arrachée de ma selle... Mon cher papa...

Aussitôt ses yeux se portèrent devant elle, puis à droite, puis à gauche.

— Que veux-tu, ma chérie?

— Mais... remercier...

— *All right!* cela me regarde, dit l'Américain.

Et il se retournait, la main déjà tendue, et disait :

— Croyez, mon gentleman...

Dans sa reconnaissance, le « monsieur » ne lui paraissait pas suffisant.

Il eut une vive déception : l'inconnu avait disparu.

— Si c'est que vous cherchez le monsieur qui a sauvé Mademoiselle?... commença un garde.

— Mais... naturellement!

— Eh ben, il a attendu que Mademoiselle ait repris connaissance; et, dès que le médecin a eu dit que tout allait bien, il a filé...

— Sans dire son nom?

— On le lui a bien demandé; il a refusé de le donner.

En ce moment, Edith avait complètement oublié Frédéric. Cet inconnu, ce héros de roman, emplissait déjà toute son imagination. Dickson comprit bien vite ce qui se passait dans l'esprit de sa fille et dit avec assurance :

— Nous le retrouverons.

Et comme on avait amené une voiture qui rôdait dans les environs, il y fit monter Edith, après avoir distribué un nombre très honorable de louis aux gardes qui l'avaient aidé et remercié le médecin, — auquel il envoya un beau cadeau dans la journée. Il était si heureux qu'il aurait voulu faire des largesses à tout Paris.

Margaret faillit se trouver mal en apprenant l'accident; mais sa fille l'eut bien vite consolée, en lui décrivant le bel inconnu qui l'avait arrachée à la mort.

Dickson s'était déjà précipité vers le téléphone :

— Allô! Allô! M. Baradoux!

Et, une fois la communication établie :

— Mon cher monsieur Baradoux, il vient de se passer une chose extraordinaire...

Et il raconta les incidents de la matinée avec une prolixité, une bonne humeur... Il éclatait! Et il fallait que Baradoux se mît aussitôt en campagne pour découvrir ce héros, savoir avant tout s'il n'était pas marié, et quels étaient ses projets, etc., etc... Et tout cela, il voulait le savoir dans la journée même; il était aussi impatient, plus impatient que sa fille. Baradoux le laissa bavarder, puis répondit tranquillement :

— Allô, allô! Patientez jusqu'à quatre ou cinq heures et achetez les journeaux du soir.

— Vous allez vous occuper?...

— Oui, oui. Au revoir... Allô, allô... Je sais... je sais très bien...

Et l'homme d'affaires ferma la communication.

Dickson fut abasourdi. Et il eut une journée de fièvre, très partagée par sa fille et sa femme. Il leur semblait que le soir n'arriverait jamais.

Mais, quelle ne fut pas leur stupéfaction et leur joie lorsqu'ils lurent, dans presque tous les journaux du soir, les lignes suivantes :

« *Un émouvant sauvetage.*

« Ce matin, le bois de Boulogne a été le théâtre d'un acte de bravoure qui a produit une vive émotion parmi les habitués de l'allée des Acacias. Une des plus charmantes jeunes filles de la colonie américaine, Miss Edith Dickson, dont le père a gagné tant de sympathies dans la société parisienne, montait pour la première fois une jument, que M. Dickson avait enlevée hier, à prix d'or, à nos plus riches amateurs. Au milieu de l'allée des Acacias, cette bête s'est emportée tout à coup. Miss Edith Dickson a vainement essayé de la maîtriser; et elle semblait perdue, lorsqu'un cavalier, surgissant d'une allée transversale, s'est élancé à sa poursuite, et méprisant tout danger, a pu arrêter la bête emportée et arracher cette charmante jeune fille à une mort certaine.

« Joignant la modestie au courage, le sauveur a disparu au moment où la jeune fille évanouie revenait à la vie : il voulait se dérober aux remerciements et aux félicitations qui allaient pleuvoir sur lui. Mais un de nos reporters a pu savoir son nom. C'est le prince... »

— Un prince ! s'écrièrent Edith et Margaret, interrompant Dickson qui lisait.

L'Américain poursuivait, tout emballé :

« ... le prince Corioli, qui vient justement d'arriver à Paris pour y passer la saison.

« Le prince est le dernier représentant de la famille des Corioli, sur l'illustration de laquelle il n'est pas besoin d'insister. »

— Un prince! répéta Edith enthousiasmée. Un prince !

Et elle et sa mère relurent dix fois la petite note des journaux, se grisant déjà de l'illustration de la famille des Corioli. « Il n'est évidemment pas marié, se disait Dickson ; on parlerait de la princesse. » Il demanda tout à coup à sa fille :

— Mais... qu'est-ce que c'est que ça, les Corioli ?

— Des Italiens, papa, évidemment.

— Des Italiens, je pense bien ; mais qu'est-ce qu'ils ont fait, ces Italiens?

— Ils ont... ils ont...

Et Edith cherchait à se rappeler le fait historique auquel les Corioli avaient pu être mêlés, et elle ne trouvait pas... lorsqu'on annonça M. Baradoux.

— Ah! voilà notre bon ami Baradoux! s'écria joyeusement l'Américain. Il va nous tirer d'affaire.

Et, lui montrant les journaux :

— Qu'est-ce que c'est donc que la famille des Corioli, mon ami?

— Comment! Vous ignorez? fit Baradoux, abasourdi. Vous ne connaissez donc pas votre histoire romaine?

Dickson avoua sans vergogne qu'on avait oublié de la lui apprendre. Edith s'écria alors, en se frappant le front :

— Corioli!... Coriolan?

— C'est cela, mademoiselle.

— Pardon, pardon, fit Dickson, je ne comprends plus : est-ce Coriolan ou Corioli?

— Les deux.

— Il a deux noms?

Baradoux sourit dédaigneusement et expliqua :

— Les *Corioli* descendent de Coriolan...

— Bon. Et... Qu'est-ce que c'était que ce Coriolan?

— Comment, papa, murmura Edith en rougissant, vous ne savez pas ce que c'était que Coriolan? Un homme sur lequel Shakespeare a fait une tragédie!

— Eh! ma fille, je n'ai pas été élevé, moi, dans le premier pensionnat d'Amérique! Bref, ce Coriolan?...

— Était un général romain, continua d'expliquer complaisamment Baradoux, qui, exilé de Rome, se mit à la tête des Volsques, ennemis des Romains, et osa assiéger sa patrie. Il allait saccager la ville, quand sa mère et sa femme, se jetant à ses pieds, obtinrent qu'il renonçât à ses projets. Cela se passait en l'an 490 avant Jésus-Christ...

— Vous avez dit en l'an ?...

— 490.

— Avant Jésus-Christ?

— Avant!

Dickson était pénétré d'admiration.

— Ce Coriolan existait avant Jésus-Christ? répéta-t-il. — Et, sacrebleu! l'aïeul des Villepreux... que faisait-il à cette époque?

— Il n'en était fort probablement pas question, prononça Baradoux, avec une tranquille ironie.

— Et... est-il marié, ce prince ?

— Pas du tout. Il est garçon... et un charmant garçon, qui s'ennuyait à Rome et à Vienne, et qui demeurera, je pense, désor-

Puis la bête fit un bond en avant et repartit plus folle que jamais. (P. 127.)

mais à Paris. Je vous le présenterai dès que vous le désirerez.

Dickson pâlit et frissonna... Le prince n'était pas marié ! Pas marié... ce joli prince, qui sauvait si à propos les jeunes filles, et dont les aïeux existaient avant même qu'on songeât à découvrir l'Amérique !

XIV

UN HABILE HOMME

Cette pensée excitait à tel point l'enthousiasme de M. Dickson,

— Monsieur, si vous ne me donnez pas votre fille, irrémédiablement compromise par moi... (Page 135.)

qu'il eut peine à attendre jusqu'au lendemain, pour se rendre chez le prince Corioli et lui exprimer toute sa reconnaissance.

Le hasard, par la baguette de M. Baradoux, avait d'ailleurs très bien fait les choses. Le prince se trouvait être le voisin de M. Dickson.

En cette circonstance, comme en toutes celles qui suivirent, d'ailleurs, le descendant de Coriolan se montra digne de la confiance qu'avait placée en lui M. Baradoux. Il fut un très habile homme.

Baradoux n'avait d'ailleurs pas lésiné. Le prince put recevoir Dickson dans un ravissant hôtel de la rue Pergolèse, dont le ton et la parfaite tenue éblouirent complètement l'Américain.

— Au moins, il n'est pas tout à fait ruiné celui-ci, se dit-il.

Corioli était dans son cabinet, semblable à un oratoire gothique, et compulsait de graves ouvrages historiques avec le sérieux d'un homme qui se destine aux plus hautes fonctions, lorsqu'on introduisit Dickson. L'entrevue fut un modèle de comédie. Le prince maudit les journaux qui se permettaient de telles indiscrétions sur son compte. Dickson bénit, au contraire, ces feuilles si utiles qui lui avaient permis de retrouver le sauveur de sa fille, ajoutant qu'il espérait bien que le prince permettrait à sa fille de le remercier elle-même en acceptant une invitation à dîner. Le prince daigna accepter, mais en faisant sentir à M. Dickson que c'était une infraction à sa règle de vie; car, s'il était venu à Paris, c'était, dit-il, dans l'espoir de s'y livrer à de grands travaux historiques, grâce aux documents inédits qu'il avait retrouvés dans ses papiers de famille. A Vienne et à Rome, il était si connu, convié à tant de fêtes qu'il n'avait pas une minute pour travailler... Il avait compté vivre ignoré à Paris dans le calme et l'étude. Et voilà que les journaux s'occupaient déjà de lui!...

Le soir, il dîna donc chez l'Américain, mais sembla n'attacher aucune attention à Edith.

Un mois après, il faisait partie de la famille, tout en restant énigmatique, dédaigneux, posant pour l'homme distingué, pour le futur diplomate. Dickson était bien persuadé qu'il serait un jour ambassadeur du roi d'Italie. Le prince ne parlait d'ailleurs jamais mariage.

Edith s'impatientait. Dickson était agacé.

A la fin de l'hiver, l'Américain dut offrir la main de sa fille au prince Corioli. Le prince, toujours avec la même indolence, daigna l'accepter. Edith, de nouveau triomphante, comme jadis avec Frédéric, ne rêva plus que couronne de princesse. Mais son enthousiasme dura peu. Quand on arriva à la formalité du contrat et que Dickson essaya de parler du régime dotal, il fut interrompu net par l'Italien.

— Je ne signerai jamais chose semblable!

Et il affirma qu'il ne consentirait que si on lui donnait trois millions, en parfait régime de communauté. Les pourparlers durèrent deux semaines. Edith se vit honteusement marchandée. Le prince se montrait doux, mais d'une fermeté absolue. Dickson s'entêtait, et Baradoux le soutenait.

— Vous aurez toute ma fortune plus tard... Sachez attendre! s'écriait l'Américain, qui trouvait bien âpre ce descendant de Coriolan.

Et tout se serait peut-être rompu, si le prince, sortant un jour de son calme doucereux, n'avait tenu à Dickson, de la voix la plus mordante, la plus incisive, le discours suivant :

— Monsieur, si vous ne me donnez pas votre fille, Mlle Edith, irrémédiablement compromise par moi, ne pourra plus se marier à Paris, où son aventure avec M. de Villepreux l'a d'ailleurs singulièrement démonétisée. — Mais miss Edith me plaît, et je la veux. Ce qui ne m'empêche pas de vouloir aussi un contrat dans les conditions que je vous ai déjà indiquées. Si vous n'acceptez pas ces conditions, tout Paris saura pour quels motifs le comte de Villepreux a refusé d'entrer dans votre famille...

— Quels motifs? balbutia Dickson en blêmissant.

— Je les connais exactement, déclara l'Italien avec son calme imperturbable.

Dickson fut « estomaqué » : il était pris dans une impasse et n'avait plus qu'à subir les volontés du prince. Et il le fit.

Mais, dès ce jour, toutes ses illusions s'envolèrent, ainsi que celles de miss Edith. Le prince avait été plus adroit que les autres épouseurs, voilà tout! Et Dickson, devenu morose, se disait sans cesse :

— Il sait qui je suis, et il épouse ma fille... Il ne vaut donc pas mieux que moi!

C'était la punition que les événements, dirigés par une main mystérieuse, lui apportaient de sa vie passée. Il s'inclina et tâcha de se consoler en espérant dans l'avenir.

Edith ne s'occupait plus que de ses toilettes. Elle faisait un mariage de raison et se consolait par une prodigieuse débauche de couronnes de princesse.

Baradoux était puni lui aussi. Dans cette affaire admirable, qui aurait dû lui rapporter des centaines et des centaines de mille francs, il en avait à peine gagné cinquante mille, juste cinquante pour cent sur l'installation du prince; il est vrai que ce dernier lui promettait de doubler la somme, une fois le mariage accompli.

Seule, mistress Dickson était toujours dans l'enchantement. Elle respectait le prince comme un dieu.

Quelques semaines environ après ces menus événements, une très élégante cohue se pressait dans l'église Saint-Honoré. Et une interminable file d'équipages s'alignait le long de l'avenue Victor-Hugo. Tout le perron de l'église était couvert de fleurs; la façade disparaissait sous les tentures de velours rouge bordées d'or; et le classique tapis des mariages s'étendait jusqu'au bord du trottoir.

A midi moins dix, les premières voitures du cortège apparurent sur la place.

— Ils sont étonnants, ces Américains, dit un pschutteux : ils arrivent exactement à l'heure, même un jour de mariage.

A midi précis, M. Dickson faisait son entrée dans l'église Saint-Honoré au bras de sa fille Edith. Ils étaient très pâles tous les deux; et toutes les jeunes filles qui croyaient connaître Edith furent extraordinairement surprises de remarquer en elle les marques certaines d'une grande émotion : on s'était si bien figuré qu'elle aurait une triomphante allure de princesse!

Le prince venait après elle, au bras d'une vieille tante, son unique parente, qu'il était allé chercher à Sorrente. C'est tout ce qui lui restait de son illustre famille. Et les méchantes langues prétendaient que la bague qu'il portait au petit doigt, une très belle bague donnée jadis à une de ses aïeules par un pape, était tout ce qui lui restait de sa fortune.

Quant à mistress Dickson, elle était ravie; elle ne jurait plus que par le prince, et elle ne comprenait pas encore la sourde antipathie que son mari et sa fille avaient éprouvée, à un moment donné, pour ce nouveau mariage. Elle s'était très vite consolée de perdre un Villepreux, elle n'accordait même plus un regret à Frédéric. Mais Edith et son père le regrettaient, le regretteraient toujours; et c'était ce qui causait leur émotion en ce moment.

La cérémonie fut très brillante : Alvarez et Mlle Ackté avaient consenti à chanter, accompagnés par l'orchestre Lamoureux. Et, lorsque la messe fut terminée, après tous les compliments, toutes les embrassades, ce fut sur la marche triomphante de *Tanhauser*, magistralement exécutée par le célèbre orchestre, qu'Edith, au bras du prince Corioli, traversa l'église.

Mistress Dickson se penchait presque amoureusement sur le bras de son mari : elle oubliait absolument la petite Margaret, et l'auberge du Connecticut, et les salons de jeu de New-York, et toutes les turpitudes de sa vie. Et, quand elle vit monter sa fille dans un coupé dont les armoiries étaient surmontées d'une couronne de prince, elle eut un éblouissement.

— Princesse!

Elle murmura ce mot, respectueusement. Princesse! Sa fille! Princesse Corioli! Elle aurait voulu que tous les Villepreux fussent là pour les narguer, pour les éclabousser de sa gloire. Et elle monta triomphalement dans son coupé à elle, dont un domestique remarquablement correct venait d'ouvrir la portière; et elle eut un sourire pour ce domestique, le nommé Polydore Guépin, honteusement chassé par la douairière de Villepreux, et qui, depuis quelques jours, vivait comme un coq en pâte chez les Dickson, dans cette maison où le coulage était à l'ordre du jour.

— Des Américains! parlez-moi de ces gens-là! disait-il. Ça sait vivre.

Mais il en riait quand il était seul. Il ne trahissait pas, d'ailleurs, la confiance de ses maîtres, il ne divulguait pas leurs secrets : plus tard, il s'en ferait des rentes.

XV

BONHEUR BIEN GAGNÉ

Vers la même époque, maman Renaud était en train, avec la collaboration de Me Florimont, d'achever son œuvre à elle, celle dont elle avait eu l'idée dans l'église même de Sainte-Clotilde, le jour du mariage de son petit-fils.

Depuis ce jour béni, le bonheur le plus absolu n'aurait pas cessé de régner parmi tous ces êtres d'élite, si Henriette et Frédéric n'avaient eu l'angoisse de voir leur père baisser encore plus rapidement, s'acheminer, malgré sa jeunesse, vers la paralysie ou la mort. Grâce aux démarches de Brettecourt, Jean et Frédéric avaient été *nommés* dans le même régiment de chasseurs à pied, celui qui tient garnison à Vincennes — le sergent Renaud avec le grade de sous-lieutenant sous le nom de Jean Renaud de Brettecourt : — ils avaient donc à peine besoin de quitter Paris. Et les *ménages* — comme les peuples heureux — n'ayant pas d'histoire, toute leur vie pouvait se résumer en ces mots : il s'aimaient, gardant jalousement leur bonheur, n'admettant aucun étranger dans leur intimité.

Et au milieu de cela, maman Renaud, toujours alerte et vive, préparait mystérieusement sa grande affaire. Elle eut de nombreux entretiens avec Florimont et fit même un voyage avec lui, un voyage dont elle ne voulut révéler à personne la destination. Elle dit simplement qu'elle était allée visiter une maison de campagne où elle avait l'intention de terminer ses vieux jours. Maman Renaud! cette enragée Parisienne, s'en allait finir ses jours à la campagne!... Marie demanda si cela était Dieu possible. Et l'aïeule répondit qu'elle pouvait bien, elle aussi, avoir ses secrets comme les autres; et elle pria qu'on ne l'ennuyât plus là-dessus... Mais, un beau matin, elle pria Jean et Frédéric de demander un congé de huit jours; et elle invita *tout le monde à venir visiter sa maison de campagne*, une très jolie maison de campagne, assura-t-elle.

— Où?

— Dans le Cotentin.

Elle refusa d'en dire davantage; et, quelques jours plus tard, elle donnait rendez-vous à ses invités à la gare Montparnasse : elle avait d'avance retenu deux compartiments, et elle donna elle-même très mystérieusement ses indications pour les bagages.

— Enfin, maman Renaud, je refuse d'aller plus loin, lui déclara Jean, si tu ne nous dis pas où tu nous mènes.

— Chez moi, mon enfant, répondit maman Renaud toujours imperturbable.

Et elle garda son secret jusqu'au moment où les voitures,

qui étaient venues chercher ses invités à Saint-Lô, arrivèrent devant la longue avenue, qui mène de la grande route au château d'Angoville. On ne voyait pas encore le château du XVIIe siècle; mais le vieux donjon dominait tout le paysage. Personne ne parlait dans les voitures.

On avait compris.

Et la douairière, trop émue pour formuler des remerciements, serrait les mains de maman Renaud, tandis que des larmes coulaient lentement sur son visage. Et maman Renaud s'était mise à pleurer aussi, en voyant pleurer sa vieille amie. Elles s'appelaient ainsi et ne pouvaient plus se passer l'une de l'autre.

— Quel cœur vous avez! murmura enfin la douairière.

— Oh! répliqua maman Renaud d'un ton très bourru, je ne vaux certes pas mieux que vous!

La douairière et Juliette saluaient du regard les arbres du chemin, les champs qui s'étendaient jusqu'aux coteaux, les haies, les petits ruisseaux qui couraient vers la Dolée ou la Vire, tout ce domaine qu'elles avaient tant aimé et qu'aimait tant Jean de Villepreux. Par moments aussi, elles jetaient un regard à Jean Renaud, qui, les mains dans les mains de sa femme, suivait partout les yeux de l'adorée : Henriette se rappelait sa jeunesse, ses courses dans la campagne avec Frédéric, le jour où il était monté pour la première fois à cheval en cachette, et où elle l'avait accompagné avec autant d'orgueil que d'anxiété, et ces mille choses qui vous étreignent le cœur quand on revoit le pays — toujours beau — où l'on a passé son enfance.

Soudain l'avenue fit un coude, et le château apparut. Et une foule de braves paysans étaient là, tous les vieux qui avaient gardé le souvenir de la bonne dame, et leurs enfants à qui ils avaient appris à l'aimer et à la bénir pour les choses d'autrefois. Et tous l'acclamaient avec attendrissement.

Tout était prêt, d'ailleurs, pour recevoir les nouveaux habitants. Maman Renaud avait dépensé tout ce que lui avait rapporté sa part de bénéfice dans la maison de sa petite-fille; mais elle était bien récompensée par le bonheur qu'elle donnait aux autres.

Un seul membre de la famille ne pouvait en jouir. Le marquis avait fait le voyage comme les autres, mais toujours silencieux, se cachant presque, ayant des accès de honte comme un enfant. *Il n'avait pas cinquante ans, et c'était un* vieillard. Quand il aperçut le château d'Angoville, il eut une seconde de joie enfantine; puis son visage se renfrogna et il s'enfonça dans le fond de la voiture. Et, lorsqu'on le fit descendre, il demanda sa chambre, son lit...

Le lendemain, il se leva seul et, la démarche tremblante, parcourut le château : il rencontra maman Renaud et la douairière qui allaient commencer la visite de la vieille demeure par la lingerie. Il se dissimula dans un recoin et les laissa passer. Puis, en longeant les couloirs, il arriva au salon et, par une porte entr'ouverte, aperçut sa femme causant intimement avec Florimont, tandis que Louison et son mari s'embrassaient en riant comme des fous. Il écouta et apprit ainsi qu'il s'agissait de ces espérances qui font tressaillir les grands-pères et les grand'mères...

— Et à moi, murmura-t-il amèrement, on ne songe à *rien me dire, à moi?...*

Et il secoua tristement la tête : il ne l'avait que trop mérité.

Il n'osa pas entrer dans le salon; il poursuivit son chemin et sortit du château. Il allait doucement, avec sa démarche d'ataxique, obligé de s'appuyer à la muraille. Arrivé au bout de la façade, il entendit des pas; il se cacha encore — c'était sa constante préoccupation — et il vit passer à quelques mètres de lui sa fille penchée au bras de Jean. Brettecourt et Marie Renaud les accompagnaient. Ils s'éloignèrent sans l'avoir vu, et il s'affaissa tout anéanti sur une borne de pierre.

— Allons, murmura-t-il, la mort peut bien me prendre, puisque je suis seul...

La mort le guettait, en effet, et devait le prendre bientôt, après une navrante agonie; car le soir même, il tomba dans un état voisin de l'imbécillité...

Cependant, Jean, sa femme, Marie et Brettecourt suivaient l'avenue qui mène du château au donjon; et le général racontait une course échevelée qu'ils avaient faite un jour, avec Jean de Villepreux, dans cette même avenue, et où tous les deux étaient tombés de cheval. Quand ils étaient tous les quatre, ou avec maman Renaud et la douairière, ils parlaient couramment de Jean de Villepreux ; ils n'évitaient de rappeler son souvenir que devant Frédéric, Louison et la jeune marquise.

Puis, après un silence, Brettecourt annonça d'une voix très calme :

— Maintenant que je vous vois tous heureux, mes chers enfants, je vais vous quitter...

On ne voyait pas encore le château; mais le vieux donjon dominait tout le paysage. (Page 139.)

— Nous quitter ! s'écrièrent les deux femmes.

— Eh, ma foi, oui ! Voilà assez longtemps que je me repose, et j'en ai assez de toutes ces commissions du ministère où l'on fait plus d'écritures que de vraie besogne; je vais retourner aux colonies...

Mais il avait à peine prononcé ce mot que Marie, levant vers lui ses beaux yeux tout suppliants, balbutiait naïvement :

— Oh ! non... Pas cela !

Il y avait eu dans ce cri tant de tendresse que Brettecourt

tressaillit jusqu'au fond de lui-même; et pendant quelques secondes, il ne put cacher le trouble qui venait de s'emparer de lui. Cependant, il reprit d'un ton enjoué :

— Il faut bien que j'achève ma carrière... que je gagne ma retraite...

— Votre retraite? fit Jean, vous y avez parfaitement droit; mais je sais que vous n'en voulez pas...

— Ah çà, Jean!

— Vous croyez donc qu'on ne vous surveille pas, mon père?... Je suis très bien renseigné sur les démarches que vous faites au ministère de la Guerre, et je vous préviens qu'elles n'aboutiront pas : *j'ai aujourd'hui des amis influents dans la place.* Vous ne partirez plus, vous ne nous quitterez plus...

Brettecourt essaya de se donner un air sévère :

— C'est mon fils qui me donne des ordres à présent?

— Ah! père! Vous oubliez que nous sommes dans un siècle où l'*on* obéit à ses enfants... ou tout au moins à ses petits-enfants, ajouta-t-il avec une fierté émue.

Henriette rougit un peu, mais sans embarras; elle était si glorieuse de sa maternité prochaine, annoncée seulement ce matin-là à Marie et à Brettecourt!

— C'est le fils que je porte dans mon sein, dit-elle, qui vous défend de repartir.

— Et moi, je vous le demande de toute mon âme, dit Marie Renaud.

— Là, fit Jean avec un bon sourire, vous voyez que nous sommes tous d'accord...

— Mais, mon cher enfant...

— Pas d'objections, général! D'ailleurs, ce n'est pas tout. J'ai bien autre chose à vous demander, moi. Et vous allez dire « oui » sans hésiter, si vous voulez que je croie que vous m'aimez bien... Mon père, il y a six mois, nous avons fait les choses un peu brusquement, nous n'avions guère le temps de réfléchir; mais mes enfants qui réfléchiront un peu en lisant leurs papiers de famille, me demanderont — les enfants de la prochaine génération seront très indiscrets — comment il peut se faire que leur grand'mère paternelle se nommât Mme Renaud et leur grand-père paternel le comte de Brettecourt...

Le général ne répondit pas; il avait perdu contenance. Quant à Marie, elle regardait son fils avec effarement; il continuait :

— Moi, je serai bientôt père ; et, sans vous aimer moins l'un et l'autre, j'aurai le cœur bien absorbé par mes enfants, et je veux en avoir beaucoup... La guerre peut éclater, je puis être expédié au loin... Et si ma femme est accaparée par ses enfants, qui soignerait ma mère, à moi?... ma mère chérie, dont toute la vie n'a été que sacrifice!... Et qui soignerait mon père, s'il allait finir son existence en vieux garçon?... Mes bons, mes excellents amis, vous vous aimez tous deux, je le sens, je le vois, depuis le jour où vous vous êtes rencontrés...

Brettecourt et Marie tremblaient comme des enfants.

— Ah! général, vous vous étiez imaginé que vous alliez emporter votre secret sous le ciel béni de l'Indo-Chine?... Eh bien! non, vous êtes à nous! Vous ne pouvez plus, hélas! vous aimer avec la chaleur de notre jeunesse; mais tous les deux, vous avez le cœur plein l'un de l'autre: vous avez commencé par vous aimer dans le souvenir de celui qui n'est plus... Et vous ignoriez vous-mêmes ce qui se passait en vous; mais j'étais là pour vous forcer à être heureux... Je veux que vos deux existences soient unies à jamais, que vos deux vies n'en fassent plus qu'une...

Il fut interrompu par un grand sanglot qui secouait le général.

C'est que c'était bien vrai tout cela. Dans ces deux cœurs, la jeunesse était restée : l'enveloppe avait vieilli, l'amour charnel, terrestre, ne pouvait plus exister pour eux; mais l'amour divin, la tendresse pure, sans mélange, débordaient en eux.

Marie, bouleversée, pleurait doucement; et son âme, hantée par les souvenirs d'autrefois, lui faisait voir, dans Brettecourt, Jean de Villepreux, son bien-aimé, tel qu'il eût été, s'il avait vieilli auprès d'elle.

Henriette souriait, tout en essuyant ses pleurs.

Alors, Jean joignit les mains de Marie et de Brettecourt et dit, d'un ton qu'il s'efforçait de rendre enjoué, mais où tremblaient des larmes :

— Mon père, je vous en prie, faites-moi l'honneur d'épouser ma mère!

Le volume suivant a pour titre :

LE CORSO ROUGE

TABLE DES MATIÈRES

BIBLIOTHÈQUE NATIONALE R.F. IMPRIMÉS

Sceaux. — Imp. E. Charaire.

PIERRE SALES

BAS LES MASQUES

ARD

ERES

…ES

PARIS

10 centimes le fascicule illustré.

PIERRE SALES

BAS LES MASQUES

YARD
RÈRES
TEURS
PARIS

10 centimes le fascicule illustré.

PIERRE SALES

BAS LES MASQUES

ARD
RÈRES
PARIS

10 centimes le fascicule illustre.

ŒUVRES

DE

PIERRE SALES

La révolution commencée en librairie par la maison Fayard frères, avec la publication des œuvres d'Alphonse Daudet, Jules Claretie, Hector Malot, vient encore de faire un pas en avant, avec la publication des œuvres du célèbre romancier qui occupe aujourd'hui, sans conteste, la première place parmi les grands conteurs français : **PIERRE SALES**.

C'est non seulement sous la forme de ces jolis fascicules à 10 centimes, rendus si populaires par la publication d'Alphonse Daudet, mais aussi sous celle d'un élégant volume, — véritable volume de luxe, avec une jolie couverture de José Roy et de nombreuses illustrations de nos meilleurs dessinateurs, — que la maison Fayard frères offre au public l'œuvre considérable qui, depuis quelques années, passionne, fait palpiter, pleurer, et rire aussi, la France entière. Et ce volume, dont le bon marché semble défier tout bon sens, sera donné, complet, illustré, broché, pour. . **60 centimes.**

Pour **60 centimes**, on aura ce **SERGENT RENAUD** par lequel débute la publication et qui est certainement l'œuvre la plus poignante et la plus touchante du grand romancier. Puis viendront : **La Jeune France; A l'Américaine! Bas les masques! Chaîne dorée; Olympe Salverti; Viviane; Marquis de Trevenec; Le Puits mitoyen; Femme et Maîtresse; Marthe et Marie; Incendiaire! La Mèche d'or; Sacrifiée; Pierre Sandrac; Un Drame financier; La Femme endormie; Le Diamant noir; Le Corso rouge; L'Ecuyère; Beau Page; Louise Mornans; Jeanne de Mercœur; Vipère! Orphelines!** etc., etc.

Mais, pour être complet en un volume, chacun de ces récits n'en forme pas moins un épisode, une partie d'un tout considérable qui est l'histoire de la *Société parisienne* en ces dernières années, — cette histoire qui, de récents événements l'ont surabondamment démontré, n'est qu'un vaste roman d'aventures. Et, sous cette forme si passionnante, si entraînante du roman, PIERRE SALES fait revivre la ville gigantesque dans tous ses milieux, depuis la mansarde de l'ouvrier, le cabinet du penseur, l'atelier de l'artiste, jusqu'aux boudoirs des aventurières, aux palais des financiers et des grands seigneurs, aux aristocratiques demeures des femmes du monde, aux salons les plus fermés du faubourg Saint-Germain.

C'est pour cela qu'il est lu **partout et par tous**, et que, maintenant, tous vont le posséder. Car, devant une si merveilleuse édition, il n'y aura pas de maison en France où l'on ne voudra, où l'on ne pourra avoir à soi, pour soi, l'œuvre illustrée du romancier aimé entre tous.

EN VENTE :

LE SERGENT RENAUD	**LA JEUNE FRANCE**
Un volume illustré : 60 centimes.	Un volume illustré : 60 centimes.

A L'AMÉRICAINE

Un volume illustré : 60 centimes.

10 cent. le Fascicule renfermant 24 pages illustrées sous couverture en couleurs. Deux Fascicules par semaine.	**BAS LES MASQUES** FORMERA 6 FASCICULES	**60 centimes** LE VOLUME COMPLET Illustré.

Chacun des ouvrages suivants formera également 6 fascicules.

FAYARD Frères, Éditeurs, 78, boulevard Saint-Michel, PARIS

Sceaux. — Imp. E. Charaire.

ŒUVRES

DE

PIERRE SALES

La révolution commencée en librairie par la maison Fayard frères, avec la publication des œuvres d'Alphonse Daudet, Jules Claretie, Hector Malot, vient encore de faire un pas en avant, avec la publication des œuvres du célèbre romancier qui occupe incontestablement, sans conteste, la première place parmi les grands conteurs français : **PIERRE SALES**.

C'est non seulement sous la forme de ces petits fascicules à 10 centimes rendus si populaires par la publication d'Alphonse Daudet, mais aussi sous celle d'un élégant volume, — véritable volume de luxe avec une jolie couverture de Jos. Roy et de nombreuses illustrations de nos meilleurs dessinateurs, — que la maison Fayard frères offre au public l'œuvre considérable qui, depuis quelques années, passionne, fait pleurer, frémir, et rire aussi, la France entière. Et ce volume dont le bon marché semble défier tout bon sens, sera d'ailleurs complet, illustré, broché, pour **60 centimes**.

Pour **60 centimes** on aura ce **SERGENT RENAUD** par lequel débute la publication et qui est certainement l'œuvre la plus puissante et la plus touchante du grand romancier. Puis viendront : **La Jeune France ; A l'Américaine ! Bas les masques ! Chaîne dorée ; Olympe Salverti ; Viviane ; Marquis de Trevence ; Le Puits mitoyen ; Femme et Maîtresse ; Marthe et Marie ; Incendiaire ! La Mèche d'or ; Sacrifiée ; Pierre Sandrac ; Un Drame financier ; La Femme endormie ; Le Diamant noir ; Le Corso rouge ; L'Ecuyère ; Beau Page ; Louise Mornans ; Jeanne de Mercœur ; Vipère ! Orphelines !** etc., etc.

Mais, pour être complet en un volume, chacun de ces récits n'en forme pas moins un épisode, une partie d'un tout considérable qui est l'histoire de la *Société parisienne* en ces dernières années, — cette histoire que, de récents événements l'ont si admirablement démontré, n'est qu'un vaste roman d'aventures. Et, sous cette forme si passionnante, si entraînante du roman, PIERRE SALES fait revivre la vie gigantesque dans tous ses milieux, depuis la mansarde de l'ouvrier, le cabinet du penseur, l'atelier de l'artiste, jusqu'aux boudoirs des aventurières, aux palais des financiers et des grands seigneurs, aux aristocratiques demeures des femmes du monde, aux salons les plus fermés du faubourg Saint-Germain.

C'est pour cela qu'il est lu **partout et par tous**, et que, maintenant, tous vont le posséder. Car, devant une si merveilleuse édition, il n'y aura pas de maison en France où l'on ne voudra, où l'on ne pourra avoir à soi, pour soi, l'œuvre illustrée du romancier aimé entre tous.

EN VENTE :

LE SERGENT RENAUD
Un volume illustré : 60 centimes

LA JEUNE FRANCE
Un volume illustré : 60 centimes

A L'AMÉRICAINE
Un volume illustré : 60 centimes.

10 cent. le Fascicule
renfermant 24 pages illustrées sous couverture en couleurs
Deux Fascicules par semaine

BAS LES MASQUES
FORMERA 6 FASCICULES

60 centimes
LE VOLUME COMPLET
Illustré.

Chacun des ouvrages suivants formera également 6 fascicules.

FAYARD Frères, Éditeurs, 78, boulevard Saint-Michel, PARIS

Sceaux. — Imp. E. Charaire

ŒUVRES

DE

PIERRE SALES

La révolution commencée en librairie par la maison Fayard frères, avec la publication des œuvres d'Alphonse Daudet, Jules Claretie, Hector Malot, vient encore de faire un pas en avant, avec la publication des œuvres du célèbre romancier qui occupe aujourd'hui, sans conteste, la première place parmi les grands conteurs français : **PIERRE SALES**

C'est non seulement sous la forme de ces petits fascicules à 10 centimes, rendus si populaires par la publication d'Alphonse Daudet, mais aussi sous celle d'un élégant volume, — véritable volume de luxe avec une jolie couverture [illegible] Fayard [illegible] depuis quelques années passionne [illegible] palpitants [illegible] la France entière [illegible] volume dont le [illegible] défier tout bon sens, sera donné complet, illustré, broché, pour **60 centimes**

Pour **60 centimes**, [illegible] **SERGENT RENAUD** [illegible] la publication [illegible] l'œuvre la plus poignante et la plus touchante du grand romancier. Puis viendront : **La Jeune France; A l'Américaine! Bas les masques! Chaîne dorée; Olympe Salverti; Viviane; Marquis de Trévence; Le Puits mitoyen; Femme et Maîtresse; Marthe et Marie; Incendiaire! La Mèche d'or; Sacrifice; Pierre Sandrac; Un Drame financier; La Femme endormie; Le Diamant noir; Le Corse rouge; L'Écuyère; Beau Page; Louise Mornans; Jeanne de Mercœur; Vipère! Orphelines!** etc., etc.

Mais, pour être complet en un volume, chacun de ces [illegible] Et, sous cette forme si passionnante, si entraînante du roman, PIERRE SALES fait revivre [illegible] dans tous ses milieux [illegible] l'atelier de l'artiste [illegible] des aventurières [illegible] financiers et des grands seigneurs [illegible] aux salons les plus fermés du faubourg Saint-Germain.

C'est pour cela qu'il est lu **partout et par tous**, et que [illegible] Car, devant une si merveilleuse édition, il n'y aura [illegible] en France où l'on ne voudra [illegible] avoir à soi [illegible] illustrée [illegible] cette fois.

EN VENTE

LE SERGENT RENAUD
Un volume illustré : 60 centimes

LA JEUNE FRANCE
Un volume illustré : 60 centimes

A L'AMÉRICAINE
Un volume illustré : 60 centimes

10 cent. le Fascicule renfermant [illegible] pages illustrées [illegible] couverture en couleurs Deux Fascicules par semaine.	**BAS LES MASQUES** FORMERA 6 FASCICULES	60 centimes LE VOLUME COMPLET Illustré.

Chacun des ouvrages suivants formera également 6 fascicules.

FAYARD Frères, Éditeurs, 78, boulevard Saint-Michel, PARIS

Sceaux — Imp. E. Charaire.

10 centimes le fascicule illustré.

10 centimes le fascicule illustré.

IRES DE PIERRE SALES. N° 24.

BAS LES MASQUES. N° 6.
LE CORSO ROUGE. N° 1.

ŒUVRES

DE

PIERRE SALES

La révolution commencée en librairie par la maison Fayard frères, avec la publication des œuvres d'ALPHONSE DAUDET, JULES CLARETIE, HECTOR MALOT, vient encore de faire un pas en avant, avec la publication des œuvres du célèbre romancier qui occupe aujourd'hui, sans conteste, la première place parmi les grands conteurs français : **PIERRE SALES**.

C'est non seulement sous la forme de ces jolis fascicules à 10 centimes, rendus si populaires par la publication d'ALPHONSE DAUDET, mais aussi sous celle d'un élégant volume, — véritable volume de luxe, avec une jolie couverture de José Roy et de nombreuses illustrations de nos meilleurs dessinateurs, — que la maison Fayard frères offre au public l'œuvre considérable qui, depuis quelques années, passionne, fait palpiter, pleurer, et rire aussi, la France entière. Et ce volume, dont le bon marché semble défier tout bon sens, sera donné, complet, illustré, broché, pour... **60 centimes**.

Pour **60 centimes**, on aura ce **SERGENT RENAUD** par lequel débute la publication et qui est certainement l'œuvre la plus poignante et la plus touchante du grand romancier. Puis viendront : **La Jeune France; A l'Américaine! Bas les masques! Chaîne dorée; Olympe Salvorti; Viviane; Marquis de Trévenec; Le Puits mitoyen; Femme et Maîtresse; Marthe et Marie; Incendiaire! La Mèche d'or; Sacrifiée; Pierre Sandrac; Un Drame financier; La Femme endormie; Le Diamant noir; Le Corso rouge; L'Écuyère; Beau Page; Louise Mornans; Jeanne de Mercœur; Vipère! Orphelines!** etc., etc.

Mais, pour être complet en un volume, chacun de ces récits n'en forme pas moins un épisode, une partie d'un tout considérable qui est l'histoire de la *Société parisienne* en ces dernières années, — cette histoire qui, de récents événements l'ont surabondamment démontré, n'est qu'un vaste roman d'aventures. Et, sous cette forme si passionnante, si entraînante du roman, PIERRE SALES fait revivre la ville gigantesque dans tous ses milieux, depuis la mansarde de l'ouvrier, le cabinet du penseur, l'atelier de l'artiste, jusqu'aux boudoirs des aventurières, aux palais des financiers et des grands seigneurs, aux aristocratiques demeures des femmes du monde, aux salons les plus fermés du faubourg Saint-Germain.

C'est pour cela qu'il est lu **partout et par tous**, et que, maintenant, tous vont le posséder. Car, devant une si merveilleuse édition, il n'y aura pas de maison en France où l'on ne voudra, où l'on ne pourra avoir à soi, pour soi, l'œuvre illustrée du romancier aimé entre tous.

EN VENTE :

LE SERGENT RENAUD Un volume illustré : 60 centimes.	**A L'AMÉRICAINE** Un volume illustré : 60 centimes
LA JEUNE FRANCE Un volume illustré : 60 centimes.	**BAS LES MASQUES** Un volume illustré : 60 centimes

10 cent. le Fascicule renfermant 24 pages illustrées sous couverture en couleurs Deux Fascicules par semaine.	**LE CORSO ROUGE** FORMERA 6 FASCICULES	**60 centimes** LE VOLUME COMPLET illustré

Chacun des ouvrages suivants formera également 6 fascicules.

FAYARD Frères, Éditeurs, 78, boulevard Saint-Michel, PARIS

Sceaux. — Imp. E. Charaire.

ŒUVRES

DE

PIERRE SALES

La révolution commencée en librairie par la maison Fayard frères, avec la publication des œuvres d'Alphonse Daudet, Jules Claretie, Hector Malot, vient encore de faire un pas en avant, avec la publication des œuvres du célèbre romancier qui occupe aujourd'hui, sans conteste, la première place parmi les grands conteurs français : **PIERRE SALES**.

C'est non seulement sous la forme de ces jolis fascicules à 10 centimes, rendus si populaires par la publication d'Alphonse Daudet, mais aussi sous celle d'un élégant volume, — véritable volume de luxe, avec une jolie couverture de José Roy et de nombreuses illustrations de nos meilleurs dessinateurs, — que la maison Fayard frères offre au public l'œuvre considérable qui, depuis quelques années, passionne, fait palpiter, pleurer, et rire aussi, la France entière. Et ce volume, dont le bon marché semble défier tout bon sens, sera donné, complet, illustré, broché, pour **60 centimes**.

Pour **60 centimes**, on aura ce **SERGENT RENAUD** par lequel débute la publication et qui est certainement l'œuvre la plus poignante et la plus touchante du grand romancier. Puis viendront : **La Jeune France; A l'Américaine! Bas les masques! Chaîne dorée; Olympe Salverti; Viviane; Marquis de Trévenec; Le Puits mitoyen; Femme et Maîtresse; Marthe et Marie; Incendiaire! La Mèche d'or; Sacrifice; Pierre Sandrac; Un Drame financier; La Femme endormie; Le Diamant noir; Le Corso rouge; L'Écuyère; Beau Page; Louise Mornans; Jeanne de Mercœur; Vipère! Orphelines!** etc., etc.

Mais, pour être complet en un volume, *chacun de ces récits n'en forme pas* moins un épisode, une partie d'un tout considérable qui est l'histoire de la *Société parisienne* en ces dernières années, — cette histoire qui, de récents événements l'ont surabondamment démontré, n'est qu'un vaste roman d'aventures. Et, sous cette forme si passionnante, si entraînante du roman, PIERRE SALES fait revivre la ville gigantesque dans tous ses milieux, depuis la mansarde de l'ouvrier, le cabinet du penseur, l'atelier de l'artiste, jusqu'aux boudoirs des aventurières, aux palais des financiers et des grands seigneurs, aux aristocratiques demeures des femmes du monde, aux salons les plus fermés du faubourg Saint-Germain.

C'est pour cela qu'il est lu **partout et par tous**, et que, maintenant, tous vont le posséder. Car, devant une si merveilleuse édition, il n'y aura pas de maison en France où l'on ne voudra, où l'on ne pourra avoir à soi, pour soi, l'œuvre illustrée du romancier aimé entre tous.

EN VENTE

LE SERGENT RENAUD — Un volume illustré : 60 centimes | **LA JEUNE FRANCE** — Un volume illustré : 60 centimes.

A L'AMÉRICAINE

Un volume illustré : 60 centimes.

10 cent. le Fascicule renfermant 24 pages illustrées sous couverture en couleurs. Deux Fascicules par semaine.

BAS LES MASQUES

FORMERA 6 FASCICULES

60 centimes LE VOLUME COMPLET illustré.

Chacun des ouvrages suivants formera également 6 fascicules.

FAYARD Frères, Éditeurs, 78, boulevard Saint-Michel, PARIS

Sceaux — Imp. E. Charaire

www.ingramcontent.com/pod-product-compliance
Ingram Content Group UK Ltd.
Pitfield, Milton Keynes, MK11 3LW, UK
UKHW020335230726
13925UKWH00002B/811

9 782016 171141